KB108260

대통령님과 교육부장관님께 올리는

소망의 漢文 이야기

지은이 **천명일**

경북 문경에서 태어나 산성 할아버지로 잘 알려진 설원 선생은 한학자로, 불교경전 연구가로, 또 고대전통침구학자로 많은 활동을 하고 있다.
부산 說園, 불교대학, 부산 국군통합병원 등에서 강의하였고, 부산 불교경전연구원장을 역임하였다.
최근 T-broad 케이블 TV에서 〈산성 할아버지의 신사고 한문이야기〉의 방송강연을 통해 한문을 보는 새로운 지견을 제시하여 방송가의 화제가 되기도 하였다.
월드이벤트와 새로넷에서 〈산성 할아버지의 우리 민속 이야기〉, 〈도덕경 노자의 길〉을 주제로 방송 출연하였으며, 하우교육방송에서 〈산성 할아버지의 신사고 한문이야기〉를 재방영하였고, 〈산성 할아버지의 사람이야기〉를 방영하였다.
또한 설원 선생은 우리나라 고대 전통침구학의 최고 전문가로서 연구 저서인『신침입문』은 심령의학적인 측면에서 혈명 명해론을 근간으로 침구학뿐만 아니라 의학계에 새로운 지평을 열었다는 평가를 받고 있으며, 대학에서 침구학을 공부하는 후학들에게 침술의학의 새로운 이정표가 되고 있다.
저서로『산성 할아버지의 이야기 천자문』『수능엄경(상중하)』『천수경』『원각경』『무량의경』『漢文을 바로알자』『배꼽밑에 지혜의 등불을 밝혀라』『일체유심조』『마음이나 알자』『가지산 이야기』『산성 할아버지의 뿌리 이야기』등이 있다.

연락처 : 010-4857-5275
유튜브 : 설원설법원

• 표지 그림 : 코넬대학교 순수미술전공 정채영

대통령님과 교육부장관님께 올리는

소망의 漢文 이야기

천명일 지음

지혜의나무

서문

이 글은 존엄하신 대한민국 윤 대통령님과 교육부장관님께 올리는 〈소망의 한문漢文이야기〉입니다. 그리고 이 나라 각 도의 교육감님과 각 대학의 총장님들께 올리는 글이기도 합니다. 한문漢文은 남의 나라 문자文字가 아닙니다. 우리 조상님들이 수억 년을 두고 만드신 고귀한 문자文字입니다. 뿐만 아니라 순수 우리말 한글의 교본도 한문漢文입니다.

그런데 국가의 지도자와 저 숱한 대학의 총

장님들은 한문漢文이 우리나라 글인지 남의 나라 글인지조차 모르는 듯합니다. 그렇다보니 후학들에게 가르칠 의향조차 없는 것이겠지요.

물론 극소수의 한문漢文 애호가님도 계십니다. 하지만 한문은 한두 사람의 문제가 아니라 국가 일대사一大事입니다. 그런 연유로 윤 대통령님과 교육부장관님께 한문漢文을 꼭 국어 영역 필수 국정교과로 지정해 주십사 요청을 드리고자 이 책을 집필하였습니다.

필자는 이 책에서 한문漢文의 지묘至妙한 요체要諦를 간명하게 밝혀두고자 합니다.

그래서 누구나 단 한 번이라도 이 책을 읽는다면 우리가 한문漢文에 대하여 과연 무엇을 알고 무엇을 모르고 있었는가를 단박에 깨우칠 수 있습니다.

교육의 본래 취지는 금세기처럼 잘 먹고 잘 살기위한 산업화는 아닐 것입니다. 물론 성인聖人도 시대에 따라서 그 세상에 맞추어서 나오신다고 합니다. 그러므로 교육도 시대의 흐름에 따를 수밖에는 없습니다.

그래도 교육의 본래 목적은 "자기 자신을 돌이켜보는 반조회관返照廻觀의 지혜智慧"임이 분명합니다. 바로 저 반조회관의 지혜를 주는 문자文字는 한문漢文밖에 없습니다.

그런데 오늘날 후학들은 한문을 전연 모릅니다. 우리의 글인데도 불구하고 한문을 까맣게 모르고 삽니다. 한문漢文을 모르면 우리말의 본뜻을 전연 모르게 됩니다. 뜻을 모르고 사용하는 업보는 무섭습니다. 오늘날 우리는 두 눈과 두 귀로 그 업보를 똑똑히 보고 듣고 있습니다.

요즘 세상은 사람이 살만한 세상이 아닙니다. 정치꾼들은 입만 뻥긋 하면 국민을 위한다며 거짓말을 합니다. 국민을 위하는 척 자신이나 자신이 속한 정당의 이익 챙기기만 급급합니다. 그러니 나라가 어찌 하루라도 평안할 수 있겠습니까?

이 모두는 국가지도자와 교육지도자들이 후학들에게 자기를 돌이켜 보게 해주는 한문교육漢文教育을 시키지 않은 망국의 재앙에서 비롯된 일입니다.

그래서 필자는 한문漢文을 하루빨리 국어 영역의 필수 국정교과로 꼭 지정해 주십사 호소하는 것입니다.

무엇보다 큰 문제는 대한민국은 말할 것도 없고, 휴전선 너머의 북한 역시 '이두문吏讀文'이란 어휘 자체를 잘 모르는 것 같습니다. 한문漢文은 세계 어떤 문자에도 없는 초성으로 의미를 읽는 '의성意聲'과 그 문자의 무량한 철리哲理를 외우는 '의음義音'인 두문頭文으로 되어 있습니다.

'두문頭文'은 불가사의한 '주문呪文'과 같은 신통력神通力이 있습니다.

그래서 하늘 '천天'자를 예로 들면 처음 의미를 읽는 '하늘'이란 초성의 '의성意聲'이 있고, 또 그 문자文字에 무한량 철리哲理를 외우는 '의음義音'의 '두문頭文'인 내면의 소리 '두음頭音'이 별도로 있습니다. 바로 저 '의음義音'은 그 문자文字의 머리의 '음音'이라고 해서 '두음頭音' 혹은 '두문頭文'이라고 합니다.

이와 같은 한문漢文의 문리文理를 설총 선생은 '이두문吏讀文'이라 했습니다. '이두문吏讀文'에서 '이吏'자는 조어사로 풀어야 합니다.

'어떻게 하다'의 뜻입니다. 그리고 '두'자인 읽을 '독讀'자는 '두'라고 발음하기도 합니다.

그러므로 우리 동이족東夷族이 평소에 사용한 생활용어 자체가 모두 한문漢文의 '이두문吏讀文'입니다.

예로 '사람'이라고 말했을 때는 사람 '인人'자의 '의성意聲'이지만 '인간人間'이라고 했을 때는 "사람은 하늘과 땅 사이에서 살고 있다"란 철리哲理의 '두음頭音'으로 '인간人間'입니다. 사람 '인人'자의 '두음頭音'인 '인'자와 사이 '간間'자의 '두음頭音'인 '간'자를 붙여서 '인간人間'이라 했습니다.

우리말은 모두 의미를 읽는 의성意聲이 아니면 '두문頭文'으로 되어 있습니다. 이와 같은 우리말의 문리文理를 '이두문吏讀文'이라 했습니다.

또 우리 한글의 뿌리도 한문漢文에 있습니다. 한문漢文의 '의성意聲'은 한글의 '모성母聲'의 뿌리이며, 한문의 철리인 '의음義音'은 한글 '자음子音'의 뿌리입니다. 물론 많은 학자님들의 연구가 꼭 필요한 얘기입니다.

우리말에서 한문漢文을 제외하고 나면 평상시 쓰고 있는 생활용어의 뜻이나 문자文字의 뜻을 전연 모르게 됩니다. 당연히 언어言語와 문자文字에 뜻이 있을 수 없습니다. 왜냐하면 언어言語나 문자文字의 뜻은 모두 한문漢文의 초성인 '의성意聲'이 아니면 그 문자의 두문頭文인 '의음義音'이기 때문입니다.

이렇게 불가사의不可思議한 한문漢文은 본디 우리 민족의 글자입니다. 그래서 한문을 외국어 영역으로 교육하는 것은 누가 들어보아도 정상적인 국가의 교육이 아닙니다. 국어 영역의 교과로 채택을 해서 교육해야합니다.

한때 북한의 김일성 주석은 한문전폐의 시책으로 심지어 사람의 몸에 달리고 뚫린 '자지自指', '보지保指'를 우리말로 '보지保指'는 '떨림'으로 '자지自指'는 '쑤시개'라는 순우리말로 개명해 놓기도 했습니다.

그래도 북한에는 훌륭한 학자들이 있었나봅니다. 호랑이보다도 더 무서운 주석님께 간청했다고 합니다. 그래서 지금 북한에는 한문漢文을 1,800자까지 후학들에게 가르친다는 애기를 들었습니다.

현재 우리나라에는 대학이 수두룩합니다. 그곳 회전의자에 앉아 계시는 총장님도 수두룩합니다. 그리고 그 대학에는 넘치고도 남는 무수한 석·박사들도 계십니다.

그런데 어째서 뜻도 없는 외국어에는 그렇게들 자부심을 가지고 계시면서 제 나라 제 조상의 문자文字, 그것도 십억 년 동안을 갈고 닦아놓은 한문漢文에는 어찌 그리도 무심하실 수 있습니까?

석·박사들은 우리가 늘 쓰고 사는 언어문자言語文字에 대해서 어찌 그리도 무관심 하실 수 있습니까?

도무지 한문漢文에는 관심도 없을 뿐더러 항차 후학들의 심각한 정신문제에는 눈길 한 번 주지를 않습니까? 이게 정말로 학자의 길입니까?

그래서 비학非學 천재淺才한 필자가 알고 있는 한문漢文의 불가사의를 후손들에게 조금이라도 귀띔해주려고 이 책을 펴내게 되었습니다.

누구든 꼭 한 번은 이 책을 읽어보기를 바

랍니다. 읽어 본다면 우리가 한문漢文에 대해 무엇을 알고 무엇을 모르고 있었는가를 먼저 깨우칠 수 있게 될 것입니다.

하지만 요즘 어디 한국 사람들이 책을 봅니까? 손안에 든 휴대폰을 보느라 눈코 뜰 사이 없이 바쁘지 천금 같은 책은 한 권도 보지 않습니다.

마치 정치꾼들이 반드시 보아야 할 사서삼경은 고사하고 〈천자문〉 한 권조차 제대로 배우지 않는 것과 같습니다. 그러다보니 "남을 심판 하지 말라"는 예수님의 계명을 씹고 사는 인간들이 정치무대에 들끓고 있습니다.

지금 한국 사회는 상상도 못할 크고 작은 살인사건들이 부절不絕하게 일어나고 있습니다.

이렇게 잔혹하고 무서운 정신병들을 치료하는 명약은 조상님들이 이미 개발을 잘 해두신 한문漢文 교육밖에 없습니다.

그래서 필자가 한문漢文의 불가사의를 최대한 알기 쉽도록 소책자로 만들게 되었습니다. 그러므로 누구나 단 한 번만이라도 이 책을 읽어 보신다면 누구나 한문漢文의 무량한 정신철학과 한문漢文의 무량한 명리命理를 금방 깨치실 것입니다.

대통령님 그리고 교육부장관님 부디 조상의 지혜인 한문漢文으로 혼탁한 세상을 좀 밝혀주세요. 고맙습니다.

설당 천명일 합장

차례

1. 한문漢文은 이두문吏讀文

지금 한국 사람들이 늘 쓰고 있는 말과 글은 모두 한문漢文입니다. 그러므로 외국어를 제외한 우리말은 한문漢文이 아닌 단어가 하나도 없습니다.

어째서 그럴까요? 한문漢文에는 처음 초성으로 그 문자文字의 의미意味를 읽는 '의성意聲'이 있습니다.

또 그 문자에 무량한 철리哲理의 뜻을 외우는 '의음義音'인 두문頭文이 있습니다. '두문頭

文'은 그 문자文字의 머리의 '음音'이라고 해서 '두음頭音'이라고도 합니다. 이 같은 한문漢文의 문리文理를 '이두문吏讀文'이라고 합니다.

실례實例로 하늘 천天, 따 지地, 검을 현 玄, 누루 황黃이라고 읽고, 외울 때에 먼저 초성으로 읽는 '하늘'은 '천天'자의 의미를 읽는 '의성意聲'이 되고, 또 그 '천天'자의 무량한 철리를 외우는 '천'은 '의음義音'인 '두문頭文'이 됩니다.

곧 그 '의음義音'은 그 문자文字의 머리의 '음音'이란 뜻으로 '두음頭音'이라 합니다.

이와 같은 한문漢文의 문리文理를 설총 선생은 '이두문吏讀文'이라 하셨습니다.

2. 의성意聲과 의음義音의 얘기

'지금' '당장'이라고 하는 우리말도 모두 한문漢文의 두문頭文인 '의음義音'입니다.

'지금只今'도 '당장當場'도 한문의 의음義音을 붙여서 쓰는 두문으로 되어 있습니다.

그뿐입니까? '대한민국관청大韓民國官廳'이란 고유명사固有名詞도 한문의 의음義音인 두문頭文입니다.

이렇게 우리말은 한문漢文의 '의음義音'이 아니면 한문漢文의 초성인 '의성意聲'입니다.

또 "이와 같다"란 우리말도 한문漢文 '같을 여如'자와 '이 시是'자를 붙여서 여시如是란 문자文字를 우리말로 풀어 "이와 같다"란 '여시如是'의 '의성意聲'으로 된 말입니다.

이렇게 우리말은 모두가 한문漢文의 의성意聲이 아니면 한문漢文의 '의음義音'인 '두문頭文'입니다.

이와 같이 우리말과 글의 뜻을 깨닫고 아는 문리文理가 '이두문吏讀文'입니다.

그러므로 한문漢文을 모르면 우리말의 뜻을 알 수가 없습니다. 만약 한문漢文이 없으면 간단한 단어單語 하나 조차 제대로 이해할 수가 없습니다.

존경하는 윤 대통령님 사랑하는 교육부장

관님, 우리 국가와 민족을 위해 한 번 깊이 생각해보세요.

지금 이 나라의 정치지도자나 교육자들은 어째서 제 나라 글인 한문漢文에 대한 연구를 하지 않는 걸까요?

본인들이 한문에 대해서 아무것도 아는 바가 없으니 당연히 후학들에게 가르치실 의향이 없는 걸까요?

지구촌에는 '한문漢文'권 국가가 몇 나라 있습니다. 중국·일본·대만 그리고 미얀마·베트남 등입니다. 하지만 그 나라들은 우리나라에만 있는 하늘 천天, 따 지地, 검을 현玄, 누루 황黃으로 한문을 읽는 '의성意聲'과 외우는 '의음義音'이 별도로 없습니다.

여타의 나라들은 다만 한문漢文의 '두문頭文'

인 '의음義音'을 자국의 발음으로 변조시켜서 자국어自國語로 쓰고 있습니다.

우리 조상들처럼 문자文字를 초성으로 의미를 읽는 '의성意聲'이 없고, 다만 그 문자文字의 철리哲理인 '의음義音'인 '두문頭文'만을 취하여 자국어로 음사를 해서 쓰고 있을 뿐입니다. 說堂

3. 한글 모음母音은 '의성意聲',
한글 자음子音은 '의음義音'

솔직히 필자는 모든 음서音書에 모체가 되고 있는 '자음子音'과 '모음母音'에서 '모음母音'을 '모성母聲'으로 바꿔야한다고 생각합니다.

왜냐하면? 모든 음성공학에서 '음音'은 내면의 소리이고, '성聲'은 입 밖으로 나온 '발성發聲'이라고 보기 때문입니다.

그래서 '모음母音'을 '모성母聲'이라 해야만 'ㅣ ㅡ'자에 '자음子音'의 글자가 "어느 쪽으로 어떻게 붙느냐"에 따라서 'ㅓ ㅕ', 'ㅏ ㅑ', 'ㅜ

ㅠ', 'ㅗㅛ', 'ㅡ', 'ㅣ'가 됩니다.

또한 '자음子音'은 '심음心音'입니다.

그러므로 그 '심음心音'인 'ㅡ'자에 '자음子音'의 글자가 "상하로 어떻게 붙느냐?"에 따라서 '기윽', '니은', '디귿', '리을', '미음', '비읍', '시읏', '이응'이 됩니다.

이와 같은 '자음子音'과 '모성母聲'의 불가사의로 한글에는 '음성音聲'을 높이고 낮추고, 치올리고 꺾고, 굴리고 하는 음정이 자유롭게 만들어집니다. 이와 같은 신비는 한글에만 있습니다.

그러므로 한글에는 세계 어느 음성문자音聲文字에도 없는 한 자루의 피리와 같은 문자 '모성母聲'의 'ㅣ'자와 '자음子音'의 'ㅡ'자가 있습니다.

그러므로 모성母聲의 'ㅣ'자와 자음子音의 'ㅡ'자에 '음성音聲'의 문자가 상하 좌우로 어떻게 붙느냐에 따라서 어떤 글자든 다양한 발음이 됩니다.

그러므로 한글로는 자연의 소리를 그대로 다 기록할 수가 있습니다. 그래서 한글로는 8,800자의 어휘를 만들어 쓸 수가 있습니다.

그러나 저 중국의 화음華音으로는 440자의 어휘 밖에 쓸 수가 없습니다. 그리고 일본日本의 화어和語는 330자의 어휘에 불과합니다.

그 까닭은 그들의 문자에는 한 자루의 피리와 같은 'ㅣ'자와 'ㅡ'자가 없어서 발음을 굴리고 높이고, 꺾고 내리고, 치올릴 수가 없기 때문입니다.

그래서 필자는 한글을 제외한 모든 음서들을 "입술과 혀로 그 문자의 형국을 만든다"는 뜻으로 '구강상형문자口腔象形文字'라고 부릅니다.

그 실증적 좋은 예로 영어의 A, B, C, D, E 자와 같은 경우에는 반드시 입술과 혀로 영문과 같은 구강의 형국이 아니면 제대로 발음이 되지 않습니다. 여타의 음서들도 마찬가지입니다.

하지만 한글만은 발음을 올리고 내리고, 높이고 굴리고, 꺾을 수 있는 모음母音의 'ㅣ'자와 자음子音의 'ㅡ'자가 있으므로 한글은 '구강억양상형문자口腔抑揚象形文字'로 되어 있습니다.

필자의 이 같은 학설의 증명은 독자 여러분들께서 직접 자신의 입으로 실험을 해 보시면 바로 알 수 있습니다.

직접 해보시길 권합니다. 해보면 필자의 학설이 논거論據와 물증物證과 심증心證 모두 확실함을 알 수 있을 것입니다.

우리말 '모성母聲'과 '자음子音'도 그 뿌리는

모두 한문漢文인 이두문吏讀文입니다.

'이두문吏讀文'이란?

'한문漢文'은 '의성意聲'과 '의음義音'인 '두문頭文'으로 된 문자란 뜻입니다.

한글의 모음母音인 'ㅣ'와 자음子音인 'ㅡ'자도 모두 저 인도의 산스크리트어인 '범음梵音'과 '범서梵書'에서 빌려온 음성문자音聲文字입니다. 그 음성문자가 바로 한문의 '의성意聲'과 '의음義音'입니다.

한문漢文의 이와 같은 문리에서 중국과 일본은 한문의 두문頭文인 '의음義音'과 초성인 '의성意聲'의 뜻을 발췌를 해서 자국어 언어로 만들어 쓰고 있습니다.

그래서 중국은 자국어를 '한어漢語'·'화음華音'이라 하고, 일본은 본래로 한문漢文의 초두初頭를 따서 만든 문자文字로 되어 있으므로 일어日語를 '화어和語'·'한어漢語'라고 합니다.

우리가 쓰는 한글도 그 뿌리는 마찬가지입니다.

한문의 '의성意聲'은 '모성母聲'이 되어 있고, '자음子音'은 한문의 '의음義音'입니다. 그러므로 한글의 뿌리도 한문입니다.

이런데도 한글학자들은 한글의 근본 뿌리를 생각해 보지 않고 한글로만 쓰자고 고집합니다.

굳이 한글로만 쓰자고 고집을 하지만 당장 우리가 쓰고 있는 '대한민국大韓民國'이란 국호國號나 '국문학자國文學者'란 용어도 다 한문의 두음頭音인 '두문頭文'입니다.

그뿐일까요? 단박에 '손 수手'자의 의성意聲인 '손'이란 우리말도 "남의 고통을 덜어주고 즐거움을 준다"란 뜻의 '손고여락損苦與樂'을 줄인 우리 말씨 '손 고락'에서 비롯되었습니다. '손 고락'의 준말이 '손'입니다.

또 '발 족足'자의 의성意聲인 '발'도 동일합니다. "남의 고통을 빼어주고 즐거움을 준다"란 뜻의 '발고여락拔苦與樂'의 준말이 '발 고락'입니다. '발 고락'의 준말이 곧 '발'입니다.

사람의 '얼굴'이란 말도 매한가지입니다.

"굴 밖에 없다"란 뜻의 '얼굴 면面'자에서 '면面'자의 의성意聲(얼굴)만을 따서 우리말 '얼굴'이라 부릅니다.

이와 같은 순수 우리말도 모두 한문漢文에서 비롯되었습니다. 심지어 방언이든 아니면 팔도에서 회포용 쌍욕으로 쓰고 있는 언어든 모두가 한문의 '의성意聲'이 아니면 그 문자의 '의음義音'인 두문頭文에서 발취를 했습니다.

그런데 만약 필자가 한글학자란 분들에게

묻기를 "우리말, 그 어원의 뿌리가 어디에 있느냐?"고 물어 본다면 어떻게 대답을 하시렵니까?

학자學者란 본래 학설學說의 논거論據와 물증物證과 심증心證이 분명해야만 학자學者라고 말할 수 있습니다.

그런데 어쩌자고 한문漢文을 버리고 순수 우리말 한글로만 쓰자고 고집을 하십니까?

지금 현재 다수의 국문학 박사들도 한글의 그 뿌리가 인도 산스크리트어에서 빌려온 '의성意聲'과 '의음義音'인 줄을 잘 모릅니다.

놀랍게도 우리나라 한글학자들은 저 영국의 옥스퍼드대학의 제프리 샘슨 박사만큼도 우리 한글을 잘 모릅니다.

무엇보다도 한글의 '모성母聲'과 '자음子音' 자체가 한문漢文의 '의성意聲'과 '의음義音'인 줄 까맣게 모르고 있습니다. 혹 필자의 학설에 의구심義狗心이 간다면 모두 연구를 좀 더 해보세요.

지금 필자가 주장하는 학설은 분명한 논거論據와 물증物證과 심증心證이 없는 허구낭설이 아님을 밝혀둡니다.

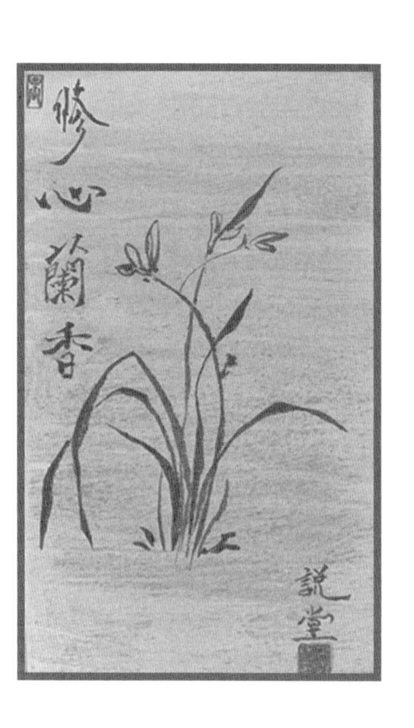
修心蘭香
說堂

4. 회의문자會意文字 이야기

언어言語와 문자文字에는 "깨닫고 아는 뜻"이라고 이름 하는 '뜻'이란 씨앗이 다 있습니다. 누구나 다 깨닫고 아는 그 각성覺性을 우리 말로 "뜻"이라 합니다.

그러므로 모든 언어나 문자의 뜻을 세존은 '여래장如來藏'이라고 〈열반경〉에서 밝혀 두셨습니다.

모든 언어言語와 문자文字의 씨앗은 모두 인도印度 산스크리트어에서 빌려왔습니다.

그래서 인도印度란? '진리眞理의 씨앗'이란 뜻입니다. 그 씨앗은 다름 아닌 산스크리트어 문자입니다. 그 문자의 씨앗에서 세계문화의 꽃이 다 활짝 피었습니다.

저 인도에서 발아를 한 모든 언어言語와 문자文字는 동양과 서양으로 발전을 거듭해 나아갔습니다.

모두 산스크리트어의 씨앗에서 발아를 한 것들입니다.

• • •

지금으로부터 10억 년 전후 지구촌에는 광자光子로 된 천상天上 사람들이 인도 네팔에 첫발을 내딛었습니다. 그 후 2~3억 년 동안 빛났던 천인들은 점점 퇴화하면서 지금 우리의 몸과 같은 사대(地水火風)로 뭉쳐진 인간人間이 되었습니다.

즉, 6억 년 전후로 해서 지금 저 '네팔'과 가까운 '인도印度'에서 인류문화의 씨앗이 발아되었던 것입니다.

그 옛날에 그들이 상용했던 '의음義音'인 범음梵音과 '의성意聲'인 범서梵書에서 인류언어 문자의 씨앗들이 다양하게 발명發明이 되었습니다.

태초에 천인들은 마음의 소리인 '의성(義音)'을 생활용어로 사용했습니다. 그래서 천인들은 인간人間처럼 굳이 입으로 말을 하지 않았습니다.

그러던 천인天人들도 점차로 퇴화가 거듭되면서 몸에 없었던 오장육부五臟六腑가 생기고 얼굴에 안이비설신의眼耳鼻舌身意란 육근六根이 분명해지면서 오늘날 인간과 같이 입으로 말을 하기 시작했습니다.

그때부터 의사意思를 소통하는 '의성意聲'이 생기게 되었습니다. 그 후 점점 식심분별을 하는 생각이 더욱 난삽하고 복잡해지면서 문자文字로 종합적인 생각을 담아놓는 '의성意聲'의 문자文字와 저 무량한 이치를 담아놓는 '의음義音'의 문자文字 '두문頭文'인 한문漢文을 만들기 시작했습니다.

바로 이것이 6억 년 전에 발생한 한문창조漢文創造의 시작입니다.

이렇게 인류역사에 처음으로 입을 통해 다양하게 말을 하는 '구강상형문자口腔象形文字'가 발명이 되었던 것입니다.

그 문자들은 물론 고대 인도의 산스크리트어인 범음梵音에서 빌려온 '의성意聲'입니다. 그리고 그 '의성意聲'을 담아놓은 '의음義音'의 문자文字는 곧 한문漢文입니다.

그래서 한문漢文에는 무량한 의미를 읽는 초성인 '의성意聲'이 있고, 그 문자의 철리를 외우는 '의음義音'인 '두문頭文'이 있게 되었습니다.

물론 이 모두는 저 산스크리트어의 문자인 범음梵音과 '범서梵書'에서 정보를 얻은 문자들입니다.

그러므로 오늘날 지구촌의 다양한 음서音書와 특별한 한문漢文은 모두 범서梵書에서 빌려온 문자文字라고 할 수 있습니다.

특히 동이족同異族이 만든 한문漢文에는 범음梵音의 '의성意聲'과 범서梵書의 무량無量한 '의음義音'이 그대로 함축되어 있습니다.

태초에 동이족東夷族은 불가사의不可思議한 한문漢文을 '자연지自然智'에서 주로 발견하였습니다.

그렇다면 무엇이 '자연지自然智'일까요?

"어떠한 가르침이나 교육을 받지 않고 그냥 자연스럽게 알게 되는 지혜"를 자연지라고 말합니다.

한문은 "우주대자연宇宙大自然의 현상을 보며 자연스럽게 알게 되는 지혜로 자연계의 형상을 본을 떠서 만든 문자文字"이기 때문에 "자연지문자自然智文字"라고 말합니다.

또 "한문漢文은 우주대자연宙宇大自然의 모습을 그대로 본을 뜬 문자文字"라고 해서 '상형문자象形文字'라고도 부릅니다.

왜? 하필이면 동물의 군자인 코끼리 '상象' 자를 따서 한문漢文을 '상형문자象形文字'라고 했을까요? 그것은 코끼리가 사람 다음으로 6감六感이 가장 뛰어난 동물이기 때문입니다.

코끼리는 동족을 알아보고 스스로 죽는 날짜까지도 안다는 전설이 있습니다. 그래서 한문漢文을 어마어마한 영물과 같은 문자란 뜻으로 '상형문자象形文字'라 했습니다.

그러므로 한문漢文은 일체중생이 가지고 있는 6감六感의 심리心理와 그 심리心理로 각성覺性을 깨닫는 지혜智慧까지도 문자文字로 자설字說을 해놓고 있습니다.

그러므로 한문옥편漢文玉篇을 보면 '심心'방부라 해서 '심(忄)'방부 변에 어떤 문자가 어디로 어떻게 붙는지에 따라서 무량한 심리를 글자로 설명이 되도록 표현을 하고 있습니다.

그러므로 한문漢文의 문자文字에는 214자나 되는 부호가 있습니다. 그 부호에 따라서 붙는 문자가 있습니다. 그 부호에 어떤 문자가 어디로 어떻게 붙느냐에 따라서 무량한 의미의 '의성意聲'과 무량한 철리哲理의 '의음義音'인 '두문頭文'이 다 다릅니다.

이렇게 "무량한 뜻과 무량한 문리文理가 부호에 따라서 다양하게 붙는 문자"라고 해서 한문漢文을 '회의문자會意文字'라고 했습니다.

회의문자인 한문은 글자마다 독특한 '문리文理'와 수학數學인 '철리哲理'와 분별심인 '심리心理'와 발성인 '의성意聲'과 심음心音인 '의음義音'과 깨달음인 '각성覺性'을 글자마다 두루 다 갖추고 있습니다.

5. 학學자와 각覺자의 무량의無量義

앞에서 말한 바와 같이 한문에는 '문리文理'와 수학인 '철리哲理'와 분별심分別心인 '심리心理'와 무량한 의미의 '의성意聲'과 무량한 철리의 의음義音인 '각성覺性'을 두루 갖춘, 회의문자會意文字의 높고 깊고 넓고 먼 뜻을 두루 다 갖춘 문자文字가 있습니다. 다름 아닌 바로 '學'자와 '覺'자입니다.

먼저 독자여러분에게 '학學'자와 '각覺'자의 무량한 뜻이 무엇인가에 대한 이해를 돕고자 합니다.

'학學'자와 '각覺'자의 두부頭部는 사람의 두뇌頭腦를 그대로 해부를 해놓은 듯한 문자文字입니다.

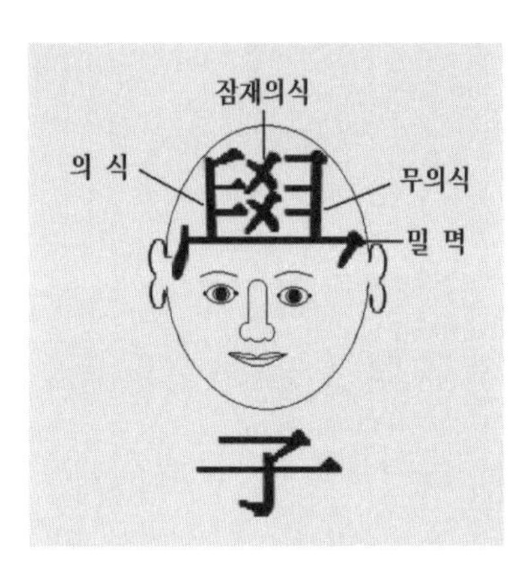

그러므로 '학學'자와 '각覺'자는 사람 두부의 두뇌구조를 글자로 잘 설명하고 있습니다. 실제 사람의 두뇌를 해부해 보면 '학學'자나 '각覺'자가 자설字說을 하고 있는 것과 똑같은 모양을 하고 있습니다.

두부頭部에는 좌뇌와 우뇌가 있고, 그 중간

에 중뇌와 간뇌가 잘 구분이 되어 있습니다. 이와 같은 두뇌의 실상을 '학學'자와 '각覺'자가 잘 설파하고 있습니다.

보다 놀라운 사실은 '학學'자나 '각覺'자의 중간에 자설字說하고 있는 육효 '효爻'자입니다. 그 육효 '효爻'자는 중뇌中腦와 간뇌間腦의 신비를 자설字說함과 동시에 실제로 저 육효 '효爻'자와 같이 좌뇌와 우뇌 사이에 중뇌中腦와 간뇌間腦가 '효爻'자처럼 묘하게 'X'자 두개를 포갠 듯한 모습(爻)으로 되어 있습니다.

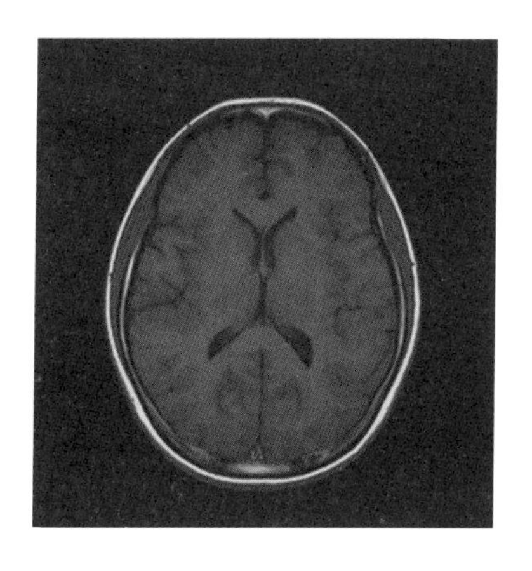

바로 저 'X'자 두개를 포갠 듯한 중뇌中腦와 간뇌肝腦가 좌뇌左腦와 우뇌右腦 사이에서 육효 '효爻'자처럼 12신경이 전후, 상하, 좌우로 두뇌에 집결되어 있습니다. 그 12신경계를 절묘하게 '효爻'자가 모두 반대로 교감을 시켜놓고 있습니다.

이와 같이 신비롭게도 전신에 12신경이 모두 육효 '효爻'자처럼 모두 좌우, 상하 정반대로 얽혀 있습니다. 그러므로 사람의 심리는 항상 반작용을 합니다. 그래서 사람이 앞으로 걸어갈 때는 왼발 오른손, 왼손 오른발이 서로 앞으로 나가는 반작용을 하게 되어 있습니다.

뿐만 아니라 모든 12신경계가 반작용을 하면서 인류는 12신경이 빚어내고 있는 양면심兩面心으로 말미암아 무엇보다도 숨 쉬는 호흡도 반작용을 하게 됩니다.

인류 역사에서 보듯이 서로가 서로를 쉼 없이 죽이는 전쟁을 일삼는 이유도 여기에 있습니다.

그 뿐 아니라 모두 즐기는 성행위나 일체운동도 경쟁을 즐기는 것으로 되어 있습니다.

이 모두는 지구촌에는 밤과 낮이 있듯이 중생의 머릿속이 육효 '효爻'자와 같이 일체가 역반작용을 하도록 설계되어 있기 때문입니다. 그래서 중생은 끝없는 번뇌 망상의 고뇌를 오히려 즐기는 편입니다.

이렇게 사는 모습은 모두가 두뇌의 구조적 문제에 기인합니다.

또한 양 뇌가 빚어낸 악마의 신통술로 무엇보다 학생들의 의식 확장을 주도해야 할 교육계마저도 학생들에게 정신분열을 일으키는

'OX문제'로 시험을 봅니다.

일체 모든 교육장은 '맞다', '틀리다'라는 분별방식 'OX'로 시험을 봅니다. 그러므로 '죽느냐? 사느냐?' 하는 'OX'병으로 말미암아 요즈음 세상은 예사로 사람이 사람을 죽입니다.

왜 이런 형태의 문제가 출제된 것일까요?

본래 'OX'문제는 '죽느냐 사느냐?'하는 군사용 시험에서 'O', 'X'문제가 유래했기 때문입니다.

이렇게 'OX'에 중독이 되어버린 'OX' 세대의 인간들은 남녀노소를 막론하고 논쟁을 잘 합니다.

선악善惡을 전문으로 다루는 법제처는 저 '여의도汝矣島'에 있습니다. 그런데 여의도汝矣

島를 보세요. 당파싸움, 전쟁놀이 밖에는 아는 것이 아무 것도 없습니다.

이 모양으로 변태성 인류가 되어가고 있는데 누구 한 사람도 심신초월心身楚越로 가는 한문漢文 공부에는 전연 관심조차 없습니다.

그리고 현대 신경학박사님들께 묻습니다.

"실제 인체人體에 거미줄처럼 얽혀있는 12신경계가 어떻게 해서 저렇게 얽혀있을까요? 과연 學자와 覺자처럼 뇌신경구조의 모양으로 이런 이치를 밝혀놓은 교과서가 어디에 있습니까?"

한문에는 이미 3억 년 전에 이렇게 '학學'자나 '각覺'자로 고급한 신경학 구조를 문자文字로 자설을 잘 해놓고 있습니다.

이래도 한문漢文 공부를 아니 하시렵니까?

이래도 후학들에게 한문漢文을 가르치실 의

향이 없으십니까?

이렇게 한문漢文에는 사람의 두부頭部를 자세히 해부도로 자설字說을 해놓고 있는데도 말입니다.

한문漢文은 실제로 사람의 두부를 열어보지 않고도 두뇌 신경의 구조뿐만 아니라 정신신경으로 빚어지는 불치병까지도 자설字說을 해놓고 있습니다.

그 뿐입니까? 사람의 심리현상까지도 상세히 자설字說을 해놓고 있습니다.

금세기 첨단 의학을 자랑하는 의과대학의 해부학 박사들은 지금 필자가 '학學'자와 '각覺'자의 두부頭部 해부도 학설을 어떻게 생각을 하시렵니까?

실제로 사람의 두뇌를 해부해 보면 '학學'자와 '각覺'자의 두부頭部 모양처럼(𦥯) 사람의 좌뇌와 우뇌 사이는 육효 '효爻'자와 똑 같은 모양의 뇌구조가 되어 있습니다.

바로 저 좌우 양 뇌 그 사이에 중뇌와 간뇌가 실제로 전후前後 좌우左右 상하上下로 'X'자 두개를 포갠 듯한 구조(爻)로 12정신신경계十二精神神經系를 전부 역반작용 시켜놓고 있습니다.

사람의 유전자遺傳子 속에 있는 의식인 'D'와 중간자인 잠재의식인 'N'과 무의식인 'A'를 고전 침구학에서는 삼맥三脈이라 부릅니다.

3맥三脈이 여인女人의 회음會陰(자궁)으로 들어가서 일단 각성覺性의 터널인 자율신경계自律神經系인 임맥任脈과 운동신경계運動神經系인 독맥督脈과 교감신경계交感神經系인 대맥帶脈이 됩니다.

또 정신신경계精神神經系인 3맥三脈은 좌우로

교감이 되면서 6신경六神經이 됩니다. 6신경이 또 상하로 교감하면서 12신경계十二神經系가 만들어 집니다.

이렇게 사람의 몸 속 12신경계十二神經系의 구조를 저 '학學'자와 '각覺'자의 사이에 있는 육효 '효爻'자가 절묘하게 잘 설명을 해놓고 있습니다.

그래서 사람은 무량하게 생각도 잘하고 무량하게 사유를 하는 풍부한 사고력으로 고등수학도 척척 잘 풀어내는 것입니다.

그 덕분에 최첨단의 물리학이 만들어낸 우주선으로 달나라를 마음대로 왕래를 합니다.

또한 사람의 두뇌가 '효爻'자와 같이 전후, 좌우, 상하 반대로 교감이 잘 되어 있기 때문에 사람은 중심을 잘 잡는 중심성이 특별히 뛰어납니다. 그래서 사람은 두발 달린 자전거를 마음대로 탈 수 있습니다.

또한 '학學'자나 '각覺'자의 두부에 있는 육효 '효爻'자와 같은 불가사의한 두뇌 구조적 신비로 말미암아 사람은 고등 수학도 척척 잘 풀어낼 뿐만 아니라 언어도 풍부합니다.

더욱 놀라운 사실은 오늘날 신경학 박사들의 '화두話頭'가 있습니다. 그 화두는 "사람의 몸에 12신경계十二神經系가 어떻게 해서 생기게 되었을까?"입니다.

필자는 앞서 의학醫學도들이 품고 있는 화두의 답이 '학學'자와 '각覺'자에 있다는 정보를 이미 밝힌 바 있습니다.

부언을 하면 "몸으로 들어간 삼맥이 육효 '효爻'자처럼 교묘하게 삼경三經이 좌우로 교감하면서 6경六經이 되고, 6경六經이 또 상하로 교감이 되면서 12신경계十二神經系가 되었다."는 내용이 핵심입니다.

앞서 언급한 바와 같이 '학學'자나 '각覺'자

의 두부처럼 전신의 12신경계가 '효爻'자와 같이 사람의 두뇌頭腦에서 전후, 좌우, 상하로 반작용을 하도록 12신경계는 반대로 꼬여 있습니다. 그 불가사의로 인해 만약 사람의 두뇌에 이상이 생기게 되면, 언어 장애나 반신불수半身不隨나 상하반신 또는, 'X'자 편신 마비 등으로 전신이 얄궂게 되는 불구의 신세가 되기도 합니다.

추가해서 설명을 드리겠습니다.

'학學'자와 '각覺'자의 두부 밑에 붙은 밀 '멱冖'자, 저 멱冖자는 식심識心을 조작하는 두뇌신경을 싹 밀어 버렸다는 뜻입니다. 그러므로 깨달음을 얻는 사람들의 의식구조도 '멱冖'자와 같이 중생심을 싹 밀어버렸을 때 깨달음이 일어납니다.

그래서 동양에서는 깨달음을 얻은 각자覺者

들에겐 아들 '자子'가 항상 따라 붙습니다.

그 까닭은 '자子'자를 파자로 풀어보면 알게 됩니다. 바로 저 통달할 '요了'자에 한 마음을 뜻하는 '일一'을 그 '요了'자의 그 중간에 다가 '一'자로 그었을 때 '한마음을 통달한 성자(子)'가 됩니다.

그래서 동양의 성자들의 성호 밑에는 반드시 '자子'자가 따라 붙습니다. 노자老子, 공자孔子, 장자莊子 그리고 불교佛教에서도 사리자(子), 부루나미다라니자(子), 수보리자(子)가 있습니다.

반대로 저 서양에서는 각자覺者들에게 철학자哲學者란 칭호가 따라 붙습니다. '철학哲學'이란 말도 자기 내면에 태양의 빛보다도 십조배나 더 밝은 각성을 본 성자들을 서양에서는 '철학자哲學者'라고 했습니다.

그런데 저 서양의 아수라들은 각자覺者인 철학자哲學者들을 모조리 다 죽여 버렸습니다. 중동은 지구상에 참으로 이상한 종족들이 사는 곳입니다.

'각覺'자의 경우에는 밀 '멱冖'자 밑에 들어날 '현見'자를 붙이고 있습니다. 본래 깨달음(覺)을 이룬 성인聖人들은 일체가 환히 다 들어나 보입니다. 그렇게 "환히 다 들어나 보인다"는 뜻으로 '각覺'자 밑에 들어날 '현見'자를 쓰고 있습니다.

그래서 항상 깨어 있는 수사修士의 길을 가는 신부님들은 반드시 생로병사가 없는 무생법인無生法忍에 들어갑니다. 그리고 산사에 구도승도 마침내 적정 열반涅槃으로 들어갑니다. 그리고 한학漢學의 경지에 이른 분들은 육감이 열리는 오신통五神通을 얻습니다.

지금 필자는 무례하게도 존엄하신 윤 대통령님과 교육부장관님께 부탁을 드립니다.

부디 한문교육漢文教育을 반드시 우리 후손들이 배울 수밖에 없도록 교육제도를 좀 바꿔주세요.

꼭 국가의 법으로 제도화를 해 달라는 부탁을 두 분께 올립니다.

靈鷲圖

6. 한문漢文의 불가사의不可思議

참으로 이상합니다. 어째서 세계적으로 유명한 언어문자言語文字를 연구하는 박사님들은 한문漢文에 대해서만은 입을 굳게 다물고 계실까요?

아마 그 까닭은 한문漢文 연구를 해서는 다른 언어문자 연구자처럼 출세를 못한다는 현실 때문일 것입니다. 물론 한문漢文은 정신세계를 맑히고 밝혀서 깨달음을 주는 학문學文입니다.

이렇게 고매한 인격완성과 깨달음을 주는 조상의 글인 한문을 항상 쓰고 있는 우리 민족이 도무지 한문에는 관심조차 없습니다.

어찌되었든 공돈 잘 생기는 국회에 들어가고, 세상에서 출세하려면 돈이 필요합니다. 돈만 있으면 그만입니다. 하지만 두고 보세요. 앞으로 150년 후에는 돈으로 사는 시대는 끝이 납니다. 자본주의 사회는 자취도 없이 멸망을 하기 때문입니다.

먼 훗날 얘기는 아무도 들으려고 하지 않는 현찰 시대에 우리는 살고 있습니다. 이런 부류의 인간은 현찰이 궁하면 금방 날강도로 돌변합니다.

풍족하게 살아 보았자 수명은 3분입니다. 3분만 숨을 못 쉬면 모두 죽습니다.

다행인지 불행인지 우리 민족에게는 세계

의 언어 연구학자들이 극찬을 하는 한글이 있습니다. 세계적으로 가장 우수하고 과학적인 문자가 한글이라고 평합니다.

최근 베트남 다수의 대학에서는 한국어를 제일 외국어 과목으로 선정했다고 합니다. 그런데 큰 문제가 있습니다.

한국 한글학자나 한글강사의 태반이 한문漢文을 모릅니다. 한문을 좀 알아야 우리말인 한글의 뜻을 제대로 알 수 있습니다. 우리말의 뜻은 모두 한문漢文에 뿌리를 두고 있기 때문입니다.

왜냐하면 한문漢文에만 의미를 읽는 '의성意聲'과 무량한 철리를 외우는 '의음義音'인 두문頭文이 있기 때문입니다.

우리말의 단어들은 모두 한문인 '이두문吏讀文'으로 되어 있습니다. 그래서 한문漢文을 모르면 언어의 뜻을 전연 알 수 없습니다. 한문을 모르면 스스로 쓰고 있는 언어나 문자의 뜻을 전연 알 수 없습니다. 다수의 한글학자들도 한문을 모릅니다. 한문을 모르는데 어떻게 스스로 쓰고 있는 그 언어言語나 문자文字의 뜻을 제대로 알겠습니까?

뜻을 모른다면 금쪽같은 금구성언金口聖言도 다 쓰레기가 됩니다.

그래서 필자가 화급히 한문漢文의 불가사의한 무량의無量義를 밝히고자 하는 것입니다. 어떻게 해서라도 후학들이 우리 조상의 문자文字인 한문漢文을 새롭게 볼 수 있도록 눈을 뜨게 해주기 위함입니다.

하지만 안타깝게도 요즘 세상에 누가 책을 봅니까? 휴대폰이나 손안에 쥐고 볼 뿐 천금 같은 책은 보지 않습니다.

그래도 혹 한두 사람이라도 책을 볼지도 모른다는 생각에 이 책을 펴냅니다.

"비록 작은 성냥개비 한 개일지라도 천하를 다 밝힐 수 있다."는 희망을 안고 말입니다.

우리 한글의 뜻은 모두가 한문漢文의 의성意聲과 의음義音인 두문頭文으로 된 단어들입니다. 그러므로 한문을 모르면 자연히 우리말 언어의 뜻을 전연 알 수 없습니다.

항상 쓰고 있는 단어의 뜻을 모르면서 어떻게 앵무새처럼 타국의 교단에 서서 구변만을 가지고 한국어 자랑을 하시렵니까?

그러므로 이 나라 국가의 지도자들은 좀 깊이 생각을 해보셔야 합니다. 남의 나라에까지 가서 남을 가르친다는 그 발상 자체를 말입니다. 현재 교단에 서서 남의 자식들을 가르치고 계시는 선생님들도 마찬가지입니다. 실로 큰 문제입니다.

그래서 필자가 존엄하신 대통령님과 교육부장관님께 간절히 부탁을 합니다. 부디 이 노부의 소견을 깊이 참고해 주세요.

전 세계적으로 유명한 석·박사들이 개탄하신 말씀이 있습니다. "한국은 한글이란 문자도 세계에서 제일이고 문맹률도 가장 낮은데 어찌해서 자국의 문자文字와 그 언어의 뜻을 아는 실질 문맹률 수준은 세계에서 꼴찌일까?"라고 하신 말씀입니다.

얼마 전 한국 청소년들의 자국 언어이해력이 전무하기로는 세계 22개국 중에서 순번이 꼴지라는 소식을 접했습니다. 교육부장관님이 사건을 어떻게 보십니까?

그 까닭은 모두 한문漢文 공부를 시키지 않은 정부에 막중한 책임이 있고 또한 장관님의 책임입니다.

우리말과 글은 모두 한문漢文의 '의성意聲'과 '의음義音'인 두문頭文으로 된 단어들입니다. 그런데 우리말에서 한글만 알고 한문은 전혀 모르는 몰지각으로 인해 빚어진 세계적 망신입니다.

이런 우리글의 특성도 모르고 한문을 배제排除하고 한글만을 고집하는 교육을 계속하게 되면 세계에 웃음거리가 되고 말 것입니다.

실례로 경상도 방언 중에 사람의 머리를 뜻하는 '대가리大伽利'라는 단어가 있습니다. '대가리'란 단어의 속어도 한문漢文의 두음頭音만을 따서 '대가리大伽利'라고 한 것입니다.

신라 때 어느 학자는 우리말 '대가리大伽利'의 뜻을 '지혜덩어리'라고 밝혀 둔 바 있습니다. 정확한 해석입니다.

그 이유를 설명하면, 일체 중생은 모두 머

릿속에 무량한 뇌세포가 있습니다. 그 무량한 뇌세포들이 어떤 활동을 함으로써 무량한 행동도 하고 무량한 생각도 하게 됩니다. 심지어 깨달음의 절정까지도 뇌세포들의 지혜로운 활동에서 일어납니다.

그래서 특별한 사람의 두뇌세포는 무려 십조 구만 오천 사십 팔개나 된다고 합니다. 그러므로 사람의 머리를 경상도 사투리로 '대가리大伽利'라고 하고, 대가리를 '지혜덩이'라고 해석한 것은 실로 놀라운 일입니다.

그래서 동양정신문화의 꽃을 다 피운 일본학자들은 '사투리의 뜻을 깨달음'이라 했습니다.

그런데 저 얄궂은 정치깡패 사상가들이 친일파니 뭐니 하면서 저 일본을 우습게봅니다. 일본은 물리학 노벨상 수상자만 해도 무려

28명이나 됩니다. 그런데 이 나라 정치인들은 소녀상少女像을 만들어 가지고 세계인들이 우리나라를 우습게보게 하는 짓을 하고 있습니다. "어리석은 정치꾼들이여 꿈 좀 깨이소." 제 조상의 얼굴에 먹칠을 하는 정신 나간 짓은 그만들 하세요.

우리말은 그것이 표준말이든 방언이든 사투리든 조선 팔도에서 쓰고 있는 쌍욕일 지라도 그 말의 어원은 모두가 한문漢文의 '의성意聲'이 아니면 '의음義音'인 '두문頭文'입니다.

심지어 쌍욕 같은 '십팔족도十八足道'란 말도 한문漢文의 두음頭音입니다. 그 '십팔족도'의 뜻은 "일체만법은 다 '십팔계十八界'로 '구족具足'하다"란 뜻입니다. 비록 쌍욕 같은 말이지만 한문漢文의 두문頭文의 뜻으로는 훌륭한 법문法門입니다.

어째서 '십팔족도十八足道'가 법문인가 했을 때, 우리가 살고 있는 이 세상도 하늘과 땅과 공간이란 삼차원三次元 속에 일체가 다 존재하고 있기 때문입니다.

흡사 우리가 손뼉을 치면 단박에 손뼉의 소리가 납니다. 그러면 그 소리의 출처를 찾아봅시다. 이쪽저쪽 그 중간 어디에서 분명히 소리가 났습니다. 이렇게 일체 만법은 다 '삼위일체三位一體'로 일어났다가 삼위일체三位一體가 분리가 되면 다시 아무것도 없는 '무無'로 돌아갑니다.

안과 밖과 그 중간이란 '3처'가 있고, 또 우리가 분별을 해 아는 식심識心은 육근六根(안이비설신의 : 눈·귀·코·혀·몸·뜻)에 있습니다. 그 육근六根인 '6'에 삼처의 '3'을 곱하면(3 × 6) '18'이 되는 것입니다.

바로 이것이 쌍욕 같은 '18놈'입니다. '놈'이란 말도 '놈 자者'자의 '의성意聲'입니다.

곧 '18놈'은 일체만법의 '진리眞理'를 '놈'이라고 했고, 그 뜻을 "십팔계로 다 구족이 되었다"란 뜻으로 '십팔족도十八足道'라고 한 것입니다.

한문漢文을 모르고 어떻게 우리말과 우리말의 글인 한글을 안다고 말할 수 있겠습니까?

잘 생각해 보세요. 순수 우리말 '손고락'도 '손고여락損苦與樂'이란 줄임말입니다. '손고여락損苦與樂'의 뜻은 "남의 괴로움을 덜어주고 즐거움을 준다."는 뜻입니다. 즉, '손고여락'의 줄임 말씨가 '손고락'입니다. 다시 '손고락'의 줄임 말이 '손'입니다.

역시 우리말 '발고락'도 "남의 고통을 빼어주고 즐거움을 준다."란 뜻의 발고여락跋苦與樂

의 줄임 말씨가 '발고락'입니다. 그 '발고락'의 줄임 말씨가 '발'입니다.

보세요. 말 많은 여의도 양반들하며! 궁궐 같은 대궐에 앉아 계시는 대학大學의 총장總長님들이시여! 앞으로 우리 후손들을 어찌 하시렵니까? 지금 돈 버는 기업교육이 정말로 참 교육입니까?

우리말은 이렇게 높고 깊고, 멀고 넓은 뜻을 다 가지고 있습니다. 이 모두는 한문漢文의 '의성意聲'이 아니면 '의음義音'인 '두문頭文'으로 된 말이기 때문입니다.

특히 필자가 간절한 마음으로 거듭 석학들에게 부탁을 합니다. 절대로 한문漢文은 저 대권주자들의 정치 도구도 될 수 없고요, 또 저 고매한 종교의 사상이 간섭할 성질도 아닙니다. 오직 누구나 다 깨달아야 할 각성覺性을 주는 각성覺性의 문자文字일 뿐입니다.

그러므로 영어나 서반아어와 비교할 성질의 문자文字도 아닙니다. 속된 저 음서音書들이 주는 지식知識도 한문漢文의 지혜에는 비교할 수 없습니다. 오로지 저 선각자님과 같이 각성覺性의 눈을 뜨게 해주는 깨달음의 문자文字입니다.

누구나 꼭 얻어야만 할 지혜智慧의 눈은 한문漢文 밖에 없습니다. 지혜智慧는 환히 다 보고 다 아는 묘각妙覺입니다. 무엇에 대해 아는 알음아리 지식知識이 아닙니다. 세상 이치를 환히 다 보는 것을 말합니다.

이 같은 지혜의 눈을 혜안慧眼이라 합니다. 혜안을 얻으려면 자기 각성을 주시하는 한문교육漢文敎育 밖에 없습니다.

지혜智慧를 얻기 위해 산업용 지식을 많이 쌓는 것은 임시로는 좋지만 결국 지식은 자신을 괴롭게 합니다. 반면 한문교육漢文敎育을 통한 지혜智慧는 조건 없는 행복의 삶을 보장해 줍니다. 說主

7. 한문漢文의 철리哲理 이야기

우리말은 모두 한문漢文의 의미인 '의성意聲'과 그 문자文字의 '의음義音'인 '두문頭文'에 무량한 철리哲理를 담고 있습니다.

좋은 예로서 한국의 수도 서울을 문자文字로는 '경성京城'이라고 합니다. 저 경성京城에서 서울 '경京'자의 '의성意聲'만을 따서 '서울'이라 합니다. 또 '경성京城'은 '의음義音'의 명리로는 사방을 둘러막은 '성城'을 뜻하고 있으므로 서울은 여러모로 답답합니다. 실로 서울은 아파트 밀림으로 만리장성을 이루고 있습니다.

바로 이것이 '경성京城'이란 명리命理가 말하고 있는 답답한 서울의 운명運命입니다.

그리고 또 서울 '경京'자의 문리文理도 기가 막힙니다. "소인배들이 감투를 서로 쓰려고 밤낮 없이 씨 뿌리는 도시"란 뜻의 '京'자입니다.

그리고 또 저 한강변에 유명한 '뚝섬'이 있습니다. 그 뚝섬의 문자도 독할 '독毒'자가 세 개 붙은 삼독三毒을 뜻하는데, 고려 때 도선국사道詵國師께서 '여의도汝矣島'로 개명을 하셨습니다. 과연 '여의도汝矣島'란 이름의 그 명리命理대로 대권을 서로 쟁취해보려고 교활한 정치패거리들이 간살스러운 뱀 혓바닥으로 입에 거품을 물고 '네가 그르니 내가 옳으니'하는 섬이란 뜻입니다. 이렇게도 불길한 섬 '여의도'에다가 왜? 하필이면 대한민국 국회의사당大韓民國 國會議事堂을 지었을까요?

그 답은 명리命理란 억겁이 가도 변질이 되지 않기 때문입니다.

도선국사가 혜안으로 보신 탐貪, 진瞋, 치痴(욕심, 성냄, 어리석음)란 삼독三毒의 지명이 여의도汝矣島의 운명인 것을 어찌 하겠습니까?

그런데 며칠 전 우리 손자손녀들이 시청각교육視聽覺教育 삼아 국회의사당 관람을 했던 모양입니다.

마침 국사國事를 논의하는 자리에서 교양미라고는 눈곱만치도 없는 더럽게 추악한 똑똑이들이 대판 싸움박질을 하는 난장판을 보았던 모양입니다. 참으로 못 볼 꼴불견을 직접 관람한 손자손녀는 차마 더 이상은 볼 수 없다 싶었던지 일찌감치 퇴장을 해서 집으로 돌아왔습니다. 와서는 할아버지에게 물었습니다.

"할아버지 국회의원이란 분들은 왜? 우리 애들만도 못해요?"

할아버지 대답입니다.

"애들보다 못하면 짐승 이란다."

한문漢文의 '의성意聲'과 '의음義音'의 메시지인 철리哲理가 우리에게 무엇을 말해주고 있는지 잘 아셨을 것입니다. 역대 정치꾼들은 "내 탓인 자유自由를 네 탓(他由)"으로, 천심天心의 '민주民主'를 투표권 제왕병 자유민주自由民主로 둔갑시켜버렸습니다.

저 정치꾼들이 '자유自由', '민주民主'를 투표권 제왕병 '자유민주自由民主'로 둔갑을 시켜놓는 바람에 지금 세상은 정신병 천국이 되어버렸습니다.

그래서 석가세존께서는 〈열반경〉에서 이렇

게 기록을 해두셨습니다.

一切自由일체자유면 自在安樂자재안락이요,
一切他由일체타유면 自在苦惱자재고뇌니라.
"일체를 내 탓이요 하면 스스로 편안하고,
일체를 네 탓이요 하면 스스로 괴롭다."
이렇게 말씀하셨습니다.

또 고사가 밝혀놓은 '민주'의 정의가 여기에 있습니다.

"천왕은 백성을 '천주天主'로 섬기고,
백성은 음식을 '천주天主'로 삼는다."

그러므로 '민주주의民主主義'란 군주가 백성의 종(노비)이라 하셨습니다.

그러므로 "진정한 정치가는 백성의 종이 되어야만 참다운 정치가政治家가 된다"고 하셨습니다. 정치인들은 깊이 생각을 좀 해 보아야 합니다.

후학들에게 흙으로 돌아가라고 권합니다.

흙은 입자粒子분의 -18승에 있는 심자心子분의 -11승에 흙의 불가사의한 공덕성이 있습니다. 그래서 흙은 일체중생을 다 먹여 살립니다. 못 믿겠다면 화분에 다가 흙을 조금 담아서 무엇이나 심어 보세요. 그러면 그 흙에서 온갖 종자들이 온갖 싹을 다 틔울 것입니다. 그리고 마침내 결실을 줍니다.

설령 그 화분에서 과일 몇 상자를 땄다고 해도 흙은 한줌도 줄거나 불지 않습니다.

이를 문자로 '부증불감不增不感'이라고 합니다.

그러므로 지구촌 온 인류는 태초부터 추수감사제를 흙인 땅에 받들어 올렸습니다.

참고 : 흙의 불가사의 11가지

대륙의 흙에는 열한 가지의 불가사의가 있습니다.
첫째, 만유의 바탕이 되고
둘째, 열 가지 불가사의를 지닌 사해를 받아들이고
셋째, 땅속에는 무량한 보물이 있고
넷째, 만물을 내고 받아들이지만 증감이 없고
다섯째, 아무리 비가와도 대륙을 넘지 못하고
여섯째, 바다와 달리 죽은 시체를 다 받아들이고
일곱째, 온갖 악취를 다 받아들여서 무취, 무향으로 만들고
여덟째, 온갖 종자를 기르되 종자를 따라

서 성질을 내고
아홉째, 쉼 없이 돌고 있으나 스스로는 부동하고
열 번째, 넓고 깊음을 알 수 없고, 무엇으로도 흙을 이기지 못한다. 물은 흙을 잠들게 할 수 있어도 삭이지는 못하고, 불이 제 아무리 강력해도 흙을 녹이지는 못한다.
열한 번째, 대지는 무량한 공덕을 먼지 같은 티끌 속에도 다 숨기고 있으나 알 수가 없습니다.

8. 한문漢文의 명리학命理學 이야기

도선국사道詵國師께서는 강원도江原道 송악松嶽의 지명을 개성開城으로 보내고 본래 '송악松嶽'을 '철원鐵原'으로 개명했습니다.

아니나 다를까? 6·25 때 철원鐵原은 전 세계의 총·포탄의 쇳덩이들이 소나기처럼 쏟아 부어진 땅입니다.

얼마나 많은 총포탄을 쏟아 부었던지 '쇳덩이 무덤'이란 철원鐵原의 명리대로 저 유엔군과 공산군의 총·포탄이 무진장 쏟아 부어진 곳이 바로 저 강원도 '철원鐵原'입니다.

철원鐵原이란 명리 그대로 '쇠 덩이 무덤'이 되고 말았습니다.

그리고 저 개성開城으로 간 송악松嶽은 '솔솔 풀리지를 않는다'는 뜻의 송악의 명리 그대로 아직도 개성開城의 문門이 열렸다 닫혔다 반복을 합니다.

바로 이것이 한문漢文의 의성意聲과 두문頭文인 '의음義音'이 말하는 지명地名의 운명철학運命哲學입니다.

사람의 이름으로 본 명리학命理學에서 북한 '김일성金日成'의 명리는 "김 씨 천국의 날이 오리라"란 이름의 명리 그대로 실현이 되어 있습니다.

또 금세기 지구촌에는 놀라운 육신보살 두 분이 계셨습니다.

한 분은 늪지를 황금 덩어리로 창조해 두고 이름도 종적도 없이 사라진 싱가포르의 창건주 '이광요李光耀' 수상이십니다.

또 한 분은 이광요 수상도 너무나 좋아하셨던 한국의 박정희 대통령입니다. 박 대통령은 한국이 눈부신 경제 대국이 되도록 발판을 마련해주신 분입니다.

금세기에 가장 위대한 두 분의 업적은 창생구제의 영웅이십니다. 두 분은 애민중생의 영원한 안락의 보금자리를 다 마련해주신 위대한 정치 영웅입니다.

필자는 현생에 두 분의 삶을 보았기에 영원히 잊을 수가 없습니다. 그래서 자작시自作詩로 두 분을 경배하는 시문詩文을 기록 해봅니다.

二君子頌 이군자송

蒼生救濟願 창생구제원
成就願永樂 성취원영락
淸廉潔白生 청렴결백생
萬生君主相 만생군주상
故我一心拜 고아일심배

두 분은 인류의 따듯한 아버지십니다. 모두 함께 경배를 해야만 옳습니다.

세상에 제 식구도 제대로 먹여 살려보지도 못한 저 대권주자들은 만고에 고마움을 모릅니다. 후학들은 이런 나쁜 인간들의 사상은 절대로 배우지들 마세요. 이번 생에 그분들은 천벌을 다 받았습니다. 그 후손들을 보면 압니다.

이광요李光耀란 이름처럼 그림자 없는 태양太陽 빛처럼 진흙구덩이를 밝게 해놓으시고 종적도 없이 가신 이광요 수상님과 저 한 많은 한강의 기적과 전란의 땅위에다가 경제 발전의 부국을 마련해주신 박정희朴正熙 대통령은 위대한 정치 영웅이십니다.

그러므로 박정희 대통령과 이광요 수상은 이 세상에 굶주린 민생을 구제하려고 육신보살로 직접 이 세상에 오신 대 영웅이십니다. 지금 여기에서 필자가 '박정희朴正熙'란 이름의 명리命理를 파자로 풀어서 설명을 해두겠습니다.

박정희朴正熙란 명리命理 이야기

한문漢文으로 지어놓은 박정희朴正熙란 이름의 문자文字를 낱낱이 파자로 풀어서 이해를 돕겠습니다.

바로 이것이 한문漢文만이 가진 회의문자會意文字의 독특한 철리입니다. 그래서 한문漢文의 문자文字에는 여러 개의 부호란 뜻글자가 한 개 혹은 여러 개 모여 하나의 문자가 됩니다. 이를 '회의문자會意文字'라고 합니다.

'박朴'자의 뜻은 사랑과 정으로 펄펄 넘친다는 뜻의 후박나무 '박朴'자 입니다.

'박朴'자를 문자철리文字哲理로 보면 '박朴'자 앞에 나무 '목木'자는 '十八'계를 뜻 합니다.

그 옆에 점 '복卜'자는 십자十字의 반을 뜻합니다. 성씨 그대로 박정희 대통령은 18년 반半

을 집권을 하셨던 것입니다.

그리고 또 바를 '정正'자는 한 '일一'자 밑에 그칠 '지止'자를 쓰고 있으므로 문자文字의 철리 그대로 '혼자 국정을 다스리다가 마친다'는 의미가 있습니다.

그리고 빛날 '희熙'자는 신하 '신臣'자 곁에 몸 '기己'자를 쓰고 그 밑에다가 불 '화火'자를 뜻하는 점 네 개(灬)를 찍어 놓고 있습니다.

잘 생각해 보세요. 실로 박정희朴正熙 대통령大統領은 18년 반을 혼자 집권하다가 자기 신하의 화기인 총탄으로 운명을 하셨던 것입니다.

그러므로 박정희 대통령의 운명은 박정희朴正熙란 이름 세자에 다 기록이 되어 있었습니다.

실로 명리 그대로 사시다가 가셨지만 "내

일생은 조국과 민족을 위하여"란 휘호徽號의 소망대로 한강의 기적뿐만이 아니라 이 나라에 무서웠던 춘곤기春困期를 멀리 보내셨고, 이제는 배부른 풍요를 누리는 돈 많은 경제대국의 발판을 마련해 두시고는 비명에 가셨습니다. 그뿐이겠습니까? 오늘날 한국의 경제발전은 모두 그분의 거룩한 업적에서 비롯되고 있습니다.

그런데 저 이상한 정치인들의 야시장인 여의도는 아직도 다수는 아니지만 박정희대통령의 허물만 들추어내고 있습니다. 필자는 용서치 못합니다.

그러므로 한국 사람이라면 그 누구라 할 것 없이 박정희 대통령의 이름 앞에 감사의 경배를 올릴 줄 알아야만 옳은 국민이며, 참 사람입니다.

그런데 저 나쁜 정치인들은 자신의 노동으

로 돈을 벌어 제 식구 몇 사람도 제대로 먹여 살려보지 못했으면서 다만 '자유'와 '민주'란 이름을 팔아서 잘들 먹고 살고 있습니다. 그러나 그대들도 수명은 3분입니다. 목숨이 다한 3분 후 어찌 하시려나요.

자유와 민주를 잘 이용해먹고 삽니다만 그 악업의 업보를 환히 보는 필자의 눈에는 저들의 앞길이 캄캄합니다. 제발 그렇게는 살지들 마세요. 저쪽은 무섭습니다.

참회들 하세요. 그래야만 그대들의 3대가 평안할 것입니다. 참회들 하세요. 그대들이 지어놓은 업보는 제 그림자를 못 피하듯 합니다. 그 업보는 지독하게 무섭습니다. 자식들이 불구가 됩니다.

제발 부모부터 자신의 신명재身命財를 가련한 중생들께 다주는 삶을 사세요. 그러면 세세생생에 무량한 복락을 받습니다.

부디 농토로 가세요. 불로소득을 왜 그렇게들 좋아하십니까? '돈과 여자는 독사보다도 무섭다'는 '재색지화심어독사財色之禍甚於毒蛇'란 교훈도 못 들어 보셨나요?

공돈이 얼마나 무서운지를 아시고 제발 우리 후손들이 보고 깨닫도록 정치 지도자들부터 몸으로 모범을 보여주세요. '배운다'는 말은 '보여 준다'는 뜻입니다.

제발 좀 보여 주세요. 국회의사당의 방망이 소리 말고요, 정치하는 양반들부터 몸으로 모범을 보여주세요.

지금 이 노부는 80평생을 만고에 몹쓸 정치인들만 보고 살아 왔습니다. 피 눈물이 납니다.

지금 한국 사회는 어른도 애도 부모도 스승도 없는 폐륜아 천국의 나라가 되었습니다. 이 모두는 정치 폐륜아들이 저질러놓은 정신병의 후유증입니다.

어쩌자고 내 탓인 '자유自由'를 남 탓만 하고, 천심天心의 '민주民主'를 왜 '투표 제왕병 민주'로 둔갑을 시켜놓았습니까? 저 국회의 사당國會議事堂 망령들이 말입니다.

필자는 평생을 두 눈으로 똑똑히 보고 살아왔습니다. 제발 저 여의도 계신 분들은 말부터 조심하세요.

필자는 말도 잘 합니다. 만약 말이 먹는 쌀이 되고 콩알이 될 것 같았으면 필자도 일찌감치 교단에 섰을 것입니다.

그리고 또 필자는 서예도 그림도 천문 역술도 잘 풉니다. 만약에 그 그림과 글씨나 역술이 우리가 먹는 쌀과 콩알이 되었다면 일찍이 화단에 섰을 것이고 허구망언으로 쉽게 남의 돈을 뺏는 점쟁이도 되었을 것입니다.

만약에 저 삼성의 휴대폰이 우리가 먹는 쌀과 콩알을 생산할 수 있는 날이 올 것 같았으면 필자는 일찍이 전자 물리학 박사가 되었을 것입니다.

그런데 오늘날 물리학 박사들은 불가지수란 '3.14'와 'O'과 '1'을 모릅니다.

'3.14'는 십진법十進法이요. 'O'과 '1'은 무량수를 먹었다 토했다하는 텅 빈 'O'의 불가사의입니다.

곧 '색즉시공色卽是空', '공즉시색空卽是色'입니다.

필자는 정확한 논거가 없으면 말을 하지 않습니다.

모두들 꿈 좀 깨이소. 그냥 우리 부모님들처럼 호미나 삽을 들고 입 좀 다물고 논·밭으로만 가이소. 說主

9. 문자文字의 철리哲理 이야기

한문漢文의 문자文字에는 과학인 철리가 있습니다. 그렇다면 과연 한문漢文에 수학數學인 과학이 얼마나 높고 깊게, 넓고 멀게 들어가 있는가를 밝혀 보겠습니다.

쉬운 예로 '천天'자의 문리文理인 철리哲理를 밝혀 보겠습니다. '天'자의 '一'자 밑에 '大'자를 '六'자로 봅니다. 그러면 '天'자의 철리는 '一 六'이 됩니다.

어째서 일까요? '天'자 위에 '一'자 밑에 큰

'대大'자를 여섯 '육六'자로 봅니다. 왜 그렇게 보느냐 하면요. 고전 물리학에서는 '一 六'을 '水'라 하고, 이를 '六大'라 합니다. 그러므로 세간의 법도 6법六法으로 되어 있습니다. 현대 물리학의 눈으로 보아도 우주의 공간에는 다량의 '수소水素'로 꽉 차 있습니다.

그리고 또 저 땅 '지地'자는 흙 '토土' 변에 조어사인 이끼 '야也'자를 쓰고 있습니다. 그렇다면 '地'자는 우리말 '흙 니다'란 뜻이 됩니다. 그러면 저 '地'자에 흙이란 '土'자를 파자로 풀면 '十一'이 됩니다. 그렇다면 무엇이 흙의 '十一'인가 했을 때 그 답은 전자 물리학자들은 쉽게 이해가 될 것입니다.

전자 물리학의 눈으로 보면 입자粒子는 10조분의 1mm입니다. 그 입자粒子분의 -18승에는 우리들이 쓰고 사는 '식심識心'이 있습니다.

그 '식심識心'분의 -11승에는 우리들이 살고 있는 저 대륙인 흙의 '공덕성功德性'이 있습니다.

그러므로 저 흙의 공덕성으로 일체중생이 다 먹고 삽니다. 그러므로 선각자先覺者들은 흙을 '토신土神'이라 했습니다.

그뿐이겠습니까? 하늘은 '천신天神', '지신地神', '풍신風神', '수신水神', '화신火神', '목신木神', '허공신虛空神' 등 하늘의 '신神'은 심자心子 분의 -10승 -11승 -12승에 다 들어가 있습니다.

우리가 생각할 수도 없는 불가사의한 공덕성이 있다는 말입니다. 그러므로 저 무량한 '신神'들의 공덕성으로 말미암아 일체 중생은 조건 없는 사랑을 받고 삽니다.

인류여. 인간人間이 무슨 공덕력이 있어서

남을 도울 수 있으며, 또 무얼 좀 아는 지력이 있다고 저 무량중생을 어찌 다 깨우쳐 주겠습니까?

하지만 한문漢文에는 무량한 지력의 공덕성이 있습니다.

전두환全斗煥 대통령大統領의 명리命理 이야기

육군본부 보안사령관이었던 전두환 씨는 박정희 대통령의 시해사건으로 불가피하게 급박한 난세에 총대를 메게 되었습니다.

아무리 대담한 보안사령관이었지만 막상 정치무대에 서고 보니 엄청난 어려움이 앞을 가렸던 모양입니다.

그래서 전두환 씨는 옛날 상관으로 모셨던 김우영 장군에게 자신의 장래를 어찌 하면 좋

을지를 전화로 문의해 왔더랍니다.

그래서 김우영 장군도 특별히 답변을 줄 만한 말도 없고 해서 대답하여 말하길

"내 아들의 스승님이 부산에 계시는데 그 스승님께 내가 가서 자네의 운명을 한번 물어나 보고 오겠네."

임기응변으로 그렇게 대답을 해주고는 곧바로 부산의 필자를 찾아 오셨습니다.

장군께서 필자에게 보여준 뽀얀 사각 메모지를 보니 '전두환全斗煥'이란 이름 세 자가 분명함으로 그 즉석에서 그 메모지 뒷면에 다가 이렇게 즉답을 적었습니다.

"팔자 없는 金家가 十二년간 불꽃을 밝히리라. 하지만 두고두고 환이 될 것이다"

이렇게 적어 보내 드렸습니다.

'전두환全斗煥'이란 '전全'자에는 사주팔자를 뜻하는 팔자가 없습니다. 하지만 '金家'라 한 것은 '金'은 '임금'을 은유하고 있으므로 전두환 씨는 필자가 기록한 메모지를 보고 큰 용기는 얻었으나 '12년'이란? 임기의 뜻이 늘 궁금했다고 합니다.

그래서 필자가 '전두환全斗煥'이란 성명의 명리를 이렇게 설명해 드렸습니다.

온전 '전全'자를 보라 '全자'에는 양쪽에 '金자'처럼 '八자'가 없습니다. 그래서 "비록 팔자는 없어도 12년간 임금의 명맥을 이어 가리라"고 메모지에 기록을 했던 것입니다.

보십시오. 문자文字의 철리가 무엇인가를. 말 '두斗'자는 파자로 풀면 '十二'가 됩니다. 그래서 '12년'이라 했고 '불꽃을 밝히리라'한 것은 불꽃 '환煥'자의 뜻을 의미 유추한 예언이었습니다.

그런데 보세요. 그때는 전두환 씨 자신도 대통령으로 7년의 임기를 가질지는 상상을 못 했을 때의 얘기입니다. 그리고 어떻게 12년이라고 예언을 했느냐 하면요, 같은 혁명 동지였던 '노태우'씨가 5년의 임기로 끝날지를 또한 누가 생각이나 해보았겠습니까?

그러므로 두 분의 운명은 필자가 말한 12년이 되고 말았습니다. '두환斗煥'이란 명리命理에도 그렇게 기록이 다 되어 있었습니다.

그리고 또 우리말 '두환'이란 이름은 음훈차법音訓借法으로 풀어보면 "두고두고 우환이 된다"는 의미가 됨으로 한 말입니다.

바로 이것이 전 세계에 어느 문자文字에서도 상상을 못하는 한문漢文에만 있는 문자文字 명리의 운명철학運命哲學입니다.

노무현盧武玄 님의 돌비석 얘기

또 노무현盧武玄 대통령님께서 임기를 마치시고 서울 청와대를 떠나 내외분이 기차를 타고 봉하마을로 출발을 하시는 바로 그 시간에 필자는 "새로 넷" 방송에서 이렇게 말했습니다.

"각하, 각하는 고향 봉하마을로 평안히 돌아가십시오. 앞으로 봉하마을은 150년 후에 국제도시가 될 것입니다.

그리고 각하가 돌아가시고 나면 각하의 집 앞에는 조그마한 돌 비석 하나가 영원한 자유와 평화의 심벌로 남을 것입니다."

왜? 방송 중에 이런 말을 했을까 싶기도 합니다만. 사실 필자가 부산 산성山城에 있을 때

권양숙 여사께서 필자를 찾아 오셨습니다. 오신 목적은 남편이신 노무현 씨께서 대통령 선거를 막상 접하고 보니 좀 불안하셨던 모양입니다.

그래서 필자에게 당선 여부를 물어 보려고 오셨습니다. 그래서 필자는 당선 유무와는 아무런 상관도 없는 답을 드렸습니다.

"무조건 선거에 나오시지 마시라 하세요."

여사께서는 좀 달갑잖은 답이다 싶은 듯 했습니다.

돌이켜 보세요. 제 말을 들었어야만 했습니다. 권양숙 여사는 지금도 홀몸으로 사시고 계십니다. 지금도 필자는 노무현 대통령님이나 권양숙 여사님은 내 한 몸과 똑같은 심정입니다. 그래서 여기서도 가까운 봉하마을이

지만 여태 못가 뵈었습니다.

노부는 저 숱한 구경꾼들처럼 세상을 살아 보지 못했습니다.

권양숙 여사님 미안합니다. 여태 찾아뵙지 못해서 말입니다. 눈물만 납니다. 죄송합니다.

각하의 운명을 필자가 은유한 150년은 15개월을 뜻했습니다.

봉하마을이 국제도시가 된다고 한 말은 세계 어느 나라 대통령이 운명을 했다고 해서 온 세계가 그처럼 방송을 하겠습니까. 봉하마을에 대해 전 세계가 얼마나 많은 방송을 했습니까?

지금도 봉하마을은 국제도시 못지않게 정치인들의 도시가 되어 있지 않습니까? 그리고 또 작은 돌비석 얘기는 온 천하가 다 아시는 사실이 아닙니까?

물론 이 얘기는 각하 내외분이 봉하마을로 기차를 타고 막 서울을 떠나가실 때 필자가 방송을 통해 한 말입니다.

지금도 독자분들께서 설원 유튜브에 들어가 보시면 그대로 녹화가 되어 있습니다.

필자가 왜 이 자리를 빌려서 이런 얘기를 하느냐 하면요. 꼭 그 사람의 이름이나 관상이나 사주를 보고서 아는 것도 아니란 사실을 밝히고 싶어서입니다.

아니면 무속인처럼 무슨 영매체가 붙어서 전승귀의 메시지로 아는 것도 아닙니다.

다만 끝없이 자기를 죽이는 고행의 지혜입니다. 기도祈禱와 참선參禪은 항상 자기 자신의 몸과 마음을 항상 주시하며 사는 각관覺觀의 지혜입니다.

절대로 남에게 돋보이려고 잘난 채 하면 안 됩니다. 지고한 산사山寺의 수도修道도 아닙니다. 또한 저 로마교황청 같은 궁궐도 아닙니다.

"오직 남의 종과 같이 사는 삶"입니다.

그렇게 사노라면 누구나 조건 없는 행복과 사랑과 평화와 자유와 더불어 태양과 같은 지혜智慧가 활짝 열립니다. 그러면 다 보고 다 압니다. 說空

10. 이정표에 한문漢文을

한문漢文이 없다면 단박에 지명地名도 국호國號도 백성百姓의 성명姓名도 없습니다. 모두 한문漢文이기 때문입니다. 이런데도 한문을 가르치지 않는다니 이게 무슨 나라입니까?

몇 해 전에 소문난 저 남해 어느 해변가를 걷다가 '미조리'란 지명의 표지판을 보았습니다.

한글 '미조리'란 안내판 곁에 있어야 할 한문漢文이 있었다면 복잡한 머리를 굴릴 필요도 없었겠지요. 그런데 이 늙은이는 평생을 두고 일체를 뜻만 보고 살아온 습관 때문에 앞이 캄캄했습니다.

'미조리'란? 도대체 무슨 의미일까? 분명히 해변가 주변이다 보니 아마도 "미역을 조리로 건진다."는 말인가? 아니면 "미역으로 요리를 잘 한다."는 말인가? 도무지 우리말의 '미조리'란 지명의 의미를 알 도리가 없었습니다.

그래서 남해군수나 그 지방의 면장에게 물어볼까 하다가 지금 이 세상에 국록을 먹는 관리들은 민의民意에 들려줄 지식도 없거니와 설사 있다 손치더라도 누가 물어보면 겉으로는 예절도 바르고 겸손하기도 하지만 한문漢文권 공무원도 아닌데 싫어서 그만 포기를 했습니다.

우연히 서북쪽 하늘을 쳐다보니 저 유명한 남해 '보리암'이 보였습니다. 옳거니 싶었습니다.

옳구나. "앞으로 56억 7천만 년 후에 나오실 미래불이신 미륵彌勒의 '미彌'자에 돕는다는 뜻의 도울 '조助'자와 동네라는 마을 '리里'자로구나" 생각이 드니 저절로 환희심이 났습니다.

만약 한글 '미조리' 옆에 한문 '彌助里'로 기록을 해두었다면 우리 같은 늙은이들은 얼마나 편하겠습니까?

지금 이 나라에 삼부 요인들께 부탁합니다.

한문漢文은 남의 나라 글이 아닙니다. 우리 조상님들이 수억 년 동안 부단히 공을 들여서 만든 위대한 우리 글입니다.

오늘날 후손들의 막심한 자폐증 치료를 위해서라도 꼭 한문漢文 교육을 시키도록 해주세요. 혹시나 정말로 "한문漢文이 우리 조상의 글일까?" 싶으면 동양문화東洋文化의 시조 할아버지에게 물어나 보세요. 동양문화의 비조이신 '황제皇帝'님께서 직접 기록을 하신 말씀을 한번 읽어나 보세요.

漢文於 東夷族 創詰 作 造書
한문어 동이족 창힐 작 조서

라고 하신 기록 말입니다.

지금도 이 기록은 중국고사中國古史에 그대로 있습니다.

부탁합니다. 지금 이 난국에서 그래도 누구보다 뱃심이 항우 같으신 윤 대통령님과 학자상을 갖추신 교육부장관님께 거듭 부탁 말씀을 올립니다.

지금 이게 나라의 교육입니까? 아직도 저 정치꾼들은 거짓말을 밥 먹듯 합니다. 이 모두는 다 사서삼경四書三經을 한 페이지도 읽어보지 못한 전직 청와대의 사생아들 때문입니다.

노부가 알기로 그들이 저질러 놓은 경제 파탄이 태산 같을 것입니다. 저 몹쓸 이상한 정치 패거리들을 윤 대통령님께서 추상같은 국법으로 말끔히 청소를 좀 해주세요.

상상을 불허하는 저 온갖 부조리를 지혜롭게 정화를 잘 해주세요.

오직 이 엄청난 부조리는 옛날 혼자서 단칼로 고구려를 항복받은 김유신金庾信 장군 같은 윤 대통령님과 다이아몬드 같은 한동훈 님 밖에는 답이 없습니다.

이 노부는 더 없이 믿음으로 거듭 부탁 말씀을 올립니다.

제발 한문漢文을 국어영역 필수 국정교과로 꼭 제정을 해주세요. 당장은 초등교과서의 한자병기부터 추진해주세요.

천하에 무슨 좋은 대업을 다 성취했다 손치더라도 국민의 맑고 밝은 정서와 후학의 눈과 귀를 새롭게 밝혀주는 정신혁명 이상의 공덕은 없습니다. 그 무엇과도 비길 데 없는 공덕은 교육 혁명 밖에 없습니다.

그러므로 두 분께서 대권을 잡고 계실 때에 반드시 한문漢文만은 꼭 국어영역 필수교과로 법제화 해놓고 가정으로 발자국 소리도 없이 돌아가 주세요.

이 노부는 이 책자를 통하여 두 분을 뵙게 된 것도 더 없는 영광입니다. 참으로 반갑습니다.

제 소망은 '저 길거리에 숱하게 나붙은 이정표 표지판에 한문을 함께 병기倂記해 주십사'하는 것입니다. 이미 기재가 되어있는 한글의 고유명사 곁에 살짝이라도 좋으니 '한문漢文'을 꼭 좀 기재토록 해주세요.

그리고 부디 우리 한문漢文을 일급 국민 교과서가 되도록 국어영역 국정교과로 꼭 제정을 해주세요. 그러면 저 공동묘지에 누워 계시던 우리 조상님도 벌떡 일어나 쌍수로 반기실 것입니다.

용맹하신 두 분께서 한문漢文을 한국韓國의 국민교과서로 지정만 해주신다면 대한민국 백만의 경로회 회장님과 더불어 모두모두 두 손 모아 손뼉 치며 두둥실 춤을 추실 것입니다.

11. 인류人類의 비조설화鼻祖說話

모든 천체는 불가사의한 사장구四長久에 예속되어 있습니다.

그러므로 지구가 처음 생겨서 머물다가 점점 변하면서 마침내 없어지는 생주이멸生住異滅 네 단계의 시간이 너무나 길고도 멀고멀어서 알 수가 없음을 사장구四長久라고 합니다.

사장구는 사람의 머리로는 계산이나 상상을 못하는 오래고 오랜 세월의 시간입니다.

그러므로 지구가 처음 생길 때의 장구한 시

간의 역사 얘기는 그만 접어두고, 다만 사람이 지구촌에 존재하게 된 그 연기설만 얘기를 좀 해보려고 합니다.

물론 석가세존께서 이미 다 설해 놓으신 〈세기경世紀經〉에 있는 내용을 필자가 간략하게 의미 유추를 해서 전하는 얘기입니다.

태초에 사람이 지구촌에 살게 된 그 연기설만을 간추려 얘기를 해보렵니다.

지금으로부터 십억 년 전의 얘기입니다.

우리가 보는 저 무변허공계에는 삼계三界라고 하는 각별한 우주세계가 있습니다. 그 삼계 중에서도 성욕으로 사는 세계를 '욕계欲界'라 하고, 빛만이 있는 세계를 '색계色界'라 하고, 아무 것도 없는 무상의 세계를 '무색계無色界'라고 합니다.

저 삼계三界에도 각각 다양한 하늘의 세계가

있습니다. 우리들의 머리 위로는 성욕이 있는 '욕계欲界' 육천이 있습니다. 또 그 위로 빛만 있는 '색계色界'에는 18계층의 하늘이 있고, 또 그 위에 있는 '무색계無色界'에는 네 개 층의 적막한 하늘이 있습니다.

저 삼계 중에서 지구촌 인류의 비조가 되는 하늘이 있습니다. '색계色界'에 18층중에서 그 첫째 하늘을 초선천初禪天이라하고 그 다음 하늘을 제2선천第二禪天이라합니다.

바로 저 2선천二禪天에 대범천大梵天이란 하늘이 있습니다. 그 하늘에는 천주교에서 교주로 모시는 하나님이신 대범천왕이계십니다.

그 대범천大梵天의 하늘에 사는 사람들이 지금 이 지구촌 인류의 시조 할아버지 할머니가 됩니다.

그래서 〈성서聖書〉 첫 장을 보면 "하나님이

자신을 닮은 사람을 만들어서 세상에 내어 보냈노라"고 하신 말씀의 기록이 있습니다.

대범천의 사람들은 지구촌 사람들과는 달리 빛으로 화생을 합니다. 지구촌 사람처럼 성교를 통해 태어나지 않습니다.

자연스럽게 신기루처럼 빛으로 화생을 한 사람들입니다. 그래서 그들의 몸은 엄청나게 밝은 광자로 이루어져 있습니다.

그래서 그들의 몸에는 밝은 광명이 있습니다. 그렇게 밝게 빛나는 범천의 사람들이 십억 년 전에 우연히 멀리서 지구촌을 보았던 모양입니다. 멀리서 본 지구는 흡사 파란 구슬과 같았다고 합니다.

그 청옥과 같은 지구를 좀 더 가까이서 보려고 범천의 사람들이 이 지구촌에 관광을 오게 된 그 계기가 곧 태초의 지구촌에 사람이 존재하게 된 연기설입니다.

범천의 사람들은 빛의 몸이라서 무척 몸이 가볍습니다. 그래서 어디든 자유자재로 날아다닐 수가 있는 신족통神足通을 다 가지고 있습니다. 그들이 날아서 하방으로 내려온 그 첫 지구촌 지역은 지금의 히말라야 산의 정상입니다.

히말라야 산 정상의 하늘에서 내려다 본 지구촌은 실로 환상적이었다고 합니다. 모든 것이 새롭기만 했기 때문입니다.

범천의 사람들은 공중에 머물렀는데 지상을 내려다보고 '좋아라' 하던 사람들 중에는 별나게 호기심이 많은 천인도 있었던 모양입니다.

그들은 모든 것이 새롭기만 한 신대륙의 광경에 심취한 나머지 마침내 지표에까지 내려왔습니다. 지표에 와서 발로 땅의 흙을 가볍게 밟아 보았던 모양입니다.

밟아보니 지표에 자라난 신생초들이 어찌나 곱고 부드러운지 그 풀밭을 밟고서 이리저리 뛰어도 보고, 날기도 하면서 이리저리 사방을 두루 다녔습니다.

다니면서 지상에 피고 지는 온갖 만초 만화의 향기를 코로 냄새도 맡아보고 손으로 만져도 보았습니다. 그렇게 즐겁게 체험을 해보던 사람 중에 혹자는 혀끝으로 풍성한 과일의 맛도 보았던 모양입니다.

이렇게 짐짓 육감으로 느끼고, 맛도 보고 하다가 뜻밖에도 몸이 천근만근 같이 무거워 졌습니다. 그지없이 가볍던 몸이 갑자기 이상한 반응을 보이자 두렵고 겁이 났습니다. 황급히 공중으로 높이 뛰어 오르며 날아보려 발버둥을 칠 수밖에 없었습니다.

하지만 이미 지구촌 자기력이란 독이 달라붙어서 발이 좀처럼 땅에서 떨어지지 않았습니다. 뜻밖에도 날 수가 없게 되자. 그들은 온갖 신통력을 다 동원을 해보았습니다. 하지만 도무지 날수가 없었습니다.

이 모습을 저 높은 하늘에서 본 동료들이 급히 날아와서 저마다 우레 같은 목소리로 '내 팔', '네 팔' 하면서 팔과 손을 내리고 올리면서 서로 '내 손', '네 손'을 잡아 달라고 고래고래 고함을 쳤습니다.

이렇게 '내 팔', '네 팔'을 서로서로 내 흔들며 소리소리 치던 그 지구촌 그 첫 동네가 바로 지금의 '네팔'입니다.

자 보세요. 저 하늘과 땅에서 서로 팔과 손을 뻗어 내리고 올리며 '내~팔', '네~팔' 하면서 고래고래 소리쳤던 지구촌 그 첫 동네가 지금의 '네팔'인 것을 말입니다.

그러므로 이 지구촌 종교의 성지는 바로 '네팔'이라 할 수 있습니다. 그래서 인도 힌두교 교주이신 '시바 신'의 고향도 석가세존의 고향도 다 '네팔'입니다.

'네팔' 사람들의 의상을 보면 오른쪽 어깨와 팔을 밖으로 다 드러내놓고 살았다는 걸 알 수 있습니다. 이 같은 네팔의 전통 민속 의상의 유래는 아무래도 태초에 천인天人들이 지상의 인간人間으로 정착할 때의 모습이라고 봅니다.

손과 팔을 흔들며 구원의 목소리로 '네~팔' '내~팔'을 찾을 때에 서로 옷깃을 걷어 붙이고 손과 손을 잡으려 했을 때의 모습은 지금 '네팔'과 인도 전역에서 볼 수 있는 의상이 아닐까 싶습니다.

지금도 인도印度대륙 사람들의 상의上衣를 보면 오른쪽 어깨를 다 드러내놓고 삽니다.

바로 이 같은 옷매의 모습은 태초에 천인이 지구촌에 땅을 처음으로 밟았을 때의 처절했던 인류비조설화人類鼻祖說話의 의상학衣裳學이 아닐까 생각합니다.

지금 필자가 하고 있는 이 이야기는 세존께서 설해놓으신 〈세기경世紀經〉에서 필자가 지구촌 '인류 역사편'만을 간명하게 의미 유추를 해서 풀어놓은 이야기임을 밝혀두는 바입니다.

總攝諸行
煩惱無盡
觀心一法

12. 생명의 바다 이야기

우주물리학자宇宙物理學者나 인류학자人類學者들은 우리가 살고 있는 이 신생 지구촌의 역사를 대략 45억 년으로 보고 있습니다.

지구에 바닷물이 생기게 된 시기는 지금으로부터 25억 년 전후가 됩니다. 25억 년 이전까지만 해도 이 지구는 벌겋게 단 불덩이였습니다.

그렇게 오랜 세월동안 맹렬하게 타고 끓고 했던 지구였습니다. 그렇게 오래 끓다보니 저 하늘까지도 어마어마한 뜨거운 열기로 가득했습니다.

그 맹렬한 뜨거운 열기는 마침내 지구를 에워싸고 도는 저 성층권까지 올라갔습니다. 아무리 강력한 열기라 하더라도 성층권 밖으로 벗어날 수는 없었습니다.

그렇게 그 무서운 열기가 마침내 성층권에서 차디찬 공기를 만나게 되었습니다. 차디찬 공기를 만나면서 그 엄청난 열기는 마침내 찬 수소로 변화하면서 무량한 수소 분자들이 무섭게 돌고 도는 찬바람을 타고 같이 휘돌게 되었습니다.

그 엄청나게 강력한 찬바람을 만나면서 저 무량한 수소분자들은 갑자기 큰 수레 바퀴만 한 빗방울이 되었다고 합니다. 그 엄청나게 큰 빗방울들이 지금 이 지구촌에 무려 오백년 동안 세월없이 물을 쏟아 부었다고 합니다.

그때 무진장 퍼부어 놓은 빗물이 지금의 '바다'라고 합니다.

그때 모인 바닷물이 얼마나 많았던지 지금 저 히말라야 산의 중턱 4,000미터까지 물로 가득 했습니다. 그래서 지금도 히말라야산 중턱에서는 소금이 나오고 있습니다.

이렇게 지구상에 바닷물이 출렁이면서 자연 발생적으로 무량한 미생물들이 들끓게 되었고, 저 무량한 미생물들이 수억 년 동안을 거듭 진화했습니다. 진화를 거듭하다가 보니 지금 이 지구촌에는 무량한 크고 작은 축생이란 짐승들이 가득하게 되었습니다.

저 무량한 축생들도 모두 먹어야 삽니다. 그렇게 먹고, 싼 저 무량한 오물들이 마침내 다 '바다'로 모여 들었습니다. 그래서 '바다'란 어원도 "무엇이나 다 받아 들였다"는 뜻에서

'바다'라 했고, 저 '바다'의 물이 짠 것은 뭇 중생들이 먹고 싸고 한 오물들이 모이고 쌓이면서 마침내 짠 맛을 내는 소금이 되었기 때문이라고 합니다.

또 저 '바다'는 시도 때도 없이 파도를 계속 칩니다. 어떻게 해서 그렇게 쉼 없이 파도가 칠 수 있을까요?

그 까닭은 대륙이 항상 따뜻하고 저 '바다'는 항상 차갑기 때문입니다. 이렇게 차고 더운 기운은 서로 밀고 당기는 정반합正反合의 속성이 있습니다. 그래서 '바다' 물은 항상 해변가를 왔다 갔다 합니다.

여기서 '물'의 어원을 좀 밝혀 두려고 합니다.

물은 만 중생의 생명수입니다. 그러므로 물은 영생을 구원하는 모든 종교에서 성전聖殿

에 받들어 올리는 최상의 공양물입니다.

“어째서 ‘물’이 신전에 떠 올리는 최상의 공양물이 되었을까요?”

답은 간단합니다. ‘물’의 실상實相이나 지고한 신성神性인 ‘묘각妙覺’의 실상實相은 다 같은 서로 비슷한 성질의 ‘유사성類似性’이 있기 때문입니다.

그래서 ‘물’과 ‘묘각妙覺’은 어떤 모양도 없는 상 없는 상 ‘무상지상無相之相’입니다.

그러므로 ‘물’과 ‘묘각’은 일체의 모든 존재를 두루 다 머금고 있습니다.

첫째, ‘물’과 ‘묘각은 어떤 색상色相도 없습니다. 그러므로 물과 묘각은 온갖 색깔을 두루 다 드러내 보일 수 있습니다.

둘째, '물'과 '묘각'은 동정動靜이 없습니다. 그러므로 물과 묘각은 일체 모든 동정動靜이 있고 없고, 있지도 없지도 않음까지도 온통 다 드러내 보입니다.

셋째, '물'과 '묘각'은 향기香氣가 없습니다. 그러므로 물과 묘각은 향기香氣가 있고 없고, 있지도 없지도 않은 온갖 냄새를 두루 다 드러내 보입니다.

넷째, '물'과 '묘각'은 미각味覺이 없습니다. 그러므로 온갖 미각味覺이 있고 없고, 있지도 없지도 않은 일체의 미각을 두루 다 드러내 보입니다.

다섯째, '물'과 '묘각'은 촉감觸感이 없습니다. 그러므로 촉감觸感이 있고 없고, 있지도 없지도 않음을 두루 다 드러내 보입니다.

여섯째, '물'과 '묘각'은 앎이 없습니다. 그

러므로 만약 독특한 앎이 있다면 어떻게 알고 모르고, 알지도 모르지도 않는 앎을 어찌 두루 다 드러내 보이겠습니까?

바로 이것이 '물'과 '묘각'이 가지고 있는 불가사의한 유사성類似性입니다.

필자는 지금 분명히 말했습니다. 유사성이 있다고만 말했습니다. 실로 묘각의 실상은 그렇지도 저렇지도 않은, 그렇지도 저렇지도 않은 것도 아닌, 그것이 청정묘각의 실상이기 때문입니다.

바로 이 여섯 가지 아무것도 없는 유사성類似性을 '육무리六無理'라고 합니다.

그러므로 '물'과 '묘각'은 아무것도 없는 '무상지상'이므로 온갖 것에 두루 다 들어가고 나옵니다. 바로 이것이 석가세존이 성취를 하신 저 '청정 묘각淸淨 妙覺'의 불가사의입니다.

그래서 불전에는 항상 정화수井華水를 담은 다기茶器가 놓여 있습니다.

혹시 아십니까? 수水를 우리말로 '물'이라 한 것은 고전 물리학에서 '水'의 철리哲理를 '一六水'라고 한 데서 기인합니다. '수水'인 물을 꽁꽁 얼리면 단박에 '육각六角'이 됩니다. 그래서 저 '수水'로 생긴 일체중생의 성리를 '육법六法'이라고 합니다.

다시 물의 불가사의한 '육무리六無理'에서 '무無'자와 '리理'자 이 두 글자에서 '무無'자의 무를 따고 그 무자에 이치 리理자의 'ㄹ'만 따서 '무' 밑에다가 붙이면 곧 '물'이란 글자가 됩니다.

이렇게 언어나 문자文字를 풀이하는 방편을 '가차문법假借文法'이라 합니다. 바로 이 '가차

문법假借文法'을 이용해서 쓰는 우리말은 무척 많습니다.

이렇게 우리 부모님들은 석·박사학위는 없어도 지혜롭게 '수水'를 '물'이라 예로부터 불러 왔습니다.

참고 : 바다의 불가사의 10가지

바다에는 열 가지의 불가사의가 있습니다.

첫째, 비가 아무리 와도 불어나지 않고,

둘째, 아무리 가물어도 줄지 않으며,

셋째, 계천강하(溪川江河)가 다 들어가도 표가 없으므로 수만의 강하가 모두 제 이름을 잃고,

넷째, 조수가 시간을 어기지 않으며,

다섯째, 너비를 알 수 없고,

여섯째, 점점 깊어지고,

일곱째, 보물이 무진장하고,

여덟째, 죽은 시체는 반드시 밖으로 다 밀어내고,

아홉째, 큰 물고기가 많으며

열 번째, 바닥까지 이를 수 없다.

13. 명상冥想과 참선參禪

'명상冥想'은 심신身心을 고요히 잠을 재우는 침묵沈默의 연금술鍊金術이고, '참선參禪'은 몸과 마음과 환경을 환상으로 주시해보는 각관覺觀의 연금술鍊金術입니다.

필자는 여기서 "저 우주가 다 박살이 난다고 해도 온 인류는 다 자기로 돌아갈 곳이 있다"는 이야기를 하고자 합니다.

이 말은 곧 자기의 내면으로 돌아가자는 얘기입니다. 자기 내면으로 돌아갈 수만 있다면

"밖에서 구하고 말고 할 것도 없는 지락의 광명장이 자기 내면에 다 있다"는 정보를 귀띔해 주고자 합니다.

누구나 자신의 내면에는 태양의 빛보다 십조 배 더 밝은 '묘각妙覺의 빛 각성覺性의 광명장光明藏'이 다 있습니다.

지금 우리들의 몸과 마음의 밑바탕에도 묘각妙覺의 빛 각성覺性의 광명장光明藏이 다 있습니다.

그러므로 누구나 자신의 내면으로 돌아가야만 합니다. 자기로 돌아가는 그 길은 '명상冥想'과 '참선參禪'입니다.

명상이나 참선을 할 때는 기본자세가 있습니다. 그 기본자세는 편안히 앉기입니다. 그래서 세존은 편안할 '연宴'자를 써서 '연좌宴座'

라 하셨습니다.

물론 전통적으로 내려오는 가장 좋은 자세는 '결가부좌結跏趺坐'입니다. 결가부좌는 좌우의 다리를 꼬아서 올리고 앉는 자세입니다.

혹자는 다리가 별나게 굵어 결가부좌가 되지 않습니다. 그러므로 자신이 가장 편안한 자세로 앉으면 됩니다. 굳이 어떠한 요식의 자세를 신경 쓸 필요는 없습니다.

우선 '곧고 바르게' 앉아야 합니다. 그리고 일단 정신을 똑바로 차려야 하기에 정신 차렷인 '차렷'이 꼭 필요합니다.

다음으로는 몸과 마음이 묘하게 굳어진 긴장감을 확 풀어줘야 하기에 긴장을 푸는 '쉬어'를 마음속으로 외쳐야 합니다.

그 다음으로는 일체 모든 동정과 생각하는

사렴도 확 흩어 버려야 하므로 '해산'을 꼭 해야 합니다.

그러면 자연스럽게 자기 자신의 내면에 밝게 깨어 있는 각성覺性을 느낄 수 있습니다.

바로 그 밝고 맑은 각성覺性을 주시하게 되면 자신의 모든 감성과 번거로운 식심識心까지도 마치 거울에 비추어진 벌레를 보듯 합니다.

맑고 밝은 각성覺性 앞에는 자신의 몸과 마음이 흡사 눈앞에 나타난 물건을 보듯 명료해집니다. 만약 그렇게 주시가 되어 진다면 자신의 모든 현상이 흡사 먼 산을 지켜보듯 일체가 객관화되어 집니다.

이렇게 일체가 다 객관화되어 진다면, 이런 사람들은 이미 수만 생을 통해 참선 공부를 많이 하고 이 세상에 오신 분들입니다.

이런 현자는 앉거나 눕거나, 서서 걷거나 일을 하거나, 말을 하거나 침묵할 때도 일체 행위가 이미 주시해 보는 각성覺性의 거울 앞에 드러난 사물을 보듯 선명합니다.

그러므로 자연히 몸과 마음은 벌써 저 창공의 구름처럼 객관화되어 있는 분들입니다.

일체가 벌써 이렇게 객관화되어 있기 때문에 지극히 편안한 삶이 보장되어 있습니다. 그러므로 자연히 번거로운 번뇌 망상이나 고달픈 현실의 삶이 묘하게 밝은 각성覺性 속에 다 녹아 버린 분들입니다.

각성을 이미 발견한 분들을 제외한 일반인들은 참선수행에 있어서 꼭 지켜야 할 금계禁戒가 있습니다.

만약에 자신의 사타구니에서 성욕이 발광할 때는 스스로 자기 자신의 미간에 중지를 대고, 바로 그 미간에서 지금 막 붉고 밝은 눈부신 태양이 솟구쳐 오름을 연상심리聯想心理로 상상을 해야 합니다.

그렇게 붉고 밝은 태양이 떠오름을 관상하노라면 졸지에 사타구니에서 몸살을 앓던 성욕이 밝은 태양 앞에 어둠이 졸지에 사라지듯 금방 심신이 경안해 짐을 느낄 것입니다.

이렇게 수시로 일어나는 성욕을 단 열 번만 일상관법日想觀法으로 소멸시키고 나면 자연히 조건 없는 평화가 신심에 가득해집니다.

그리고 또 절대로 고기와 술 같은 육식과 음주를 금해야만 합니다. 특히 음식도 적게 먹는 소식을 반드시 행해야 합니다.

그리고 또 소중한 금계가 있습니다. 앉아서 참선을 할 때 어떠한 바람의 욕구도 없어야 합니다. 절대로 삼매경三昧境이나 선정禪

定의 신비경을 마음속으로 구하고 바라면 안 됩니다.

왜냐하면, 저 구경究竟의 깨달음이나 선정의 삼매三昧 경험은 다 내가 누구란 사상四相(我相, 人相, 衆生想, 壽者相)이 없을 때만 일어납니다.

마치 저 창공에 뜬 구름과 같은 그 망상의 구름이 사라졌을 때만 맑고 밝은 각성이 보입니다. 선정과 삼매도 그렇게 되었을 때에 일어납니다.

그래서 성도를 하는 좋은 사상四相의 비유가 있습니다. 사상에 비유한 얼음덩어리를 펄펄 끓는 물에 집어넣어서 그 얼음이 끓는 물에서 다 녹아 없어졌을 때 맑은 물만 남듯이 성불을 하는 것의 비유도 마찬가지입니다.

그러므로 참선수행자는 절대로 무엇을 구하고 바라면 안 됩니다. 설령 이상한 신비의

경계가 혹 나타난다 하더라도 일절 다 부정을 해버려야 사도에 떨어지지 않습니다.

물론 보다 큰 문제는 자신이 자기 마음의 밑바탕에 밝게 깨어있는 각성覺性을 보는 견성見性이 제일 선급한 문제입니다.

아니면 '은밀히'라도 각성을 느껴야만 합니다. 이렇게 각성을 은밀히 보고 느끼는 '견성見性'이 일어나면 더 이상 없는 행운입니다.

'견성 성불見性 成佛'이란 법어가 있습니다. 이 뜻은 일체를 항상 주시해 보는 관찰자로 남아야 성불을 한다는 의미입니다.

어찌 되었든 초보자는 밝은 각성覺性을 힐끗이라도 느끼든 보든 '견성見性'은 반드시 해야만 합니다.

그러므로 견성에는 성욕이 천적입니다. 성욕이 제일 무서운 천적입니다. 그러므로 일절 자위행위도 금해야만 합니다.

그래서 앞에서 성 초월의 한 방편으로 자신의 미간인 인당에 붉은 점을 찍어서 일월日月이 거기서 솟구치는 '일상관日相觀', '월상관月相觀'을 하게 되면 불같은 성욕이 어둠처럼 사라집니다. 그 묘한 재미를 수시로 경험해 보아야 합니다.

누구나 그렇게 꾸준히 미간眉間에서 해와 달이 솟구치듯 하는 일·월상관日·月想觀을 성욕이 솟구칠 때마다 단 열 번만이라도 해서 성욕이 소멸이 되는 재미를 느끼게 되면 자연스럽게 성 초월이 됩니다.

마치 밝은 빛에 어둠이 사라지는 것 같은 묘한 경험을 하기 위해 부지런히 노력을 하세요.

왜냐하면 명상이든 참선이든 간에 마음가운데 성욕이 조금이라도 남아 있으면 천만년 도를 닦아도 아무런 소용이 없습니다.

성 초월이 일어나지를 않고는 명상이나 참선의 절정인 '삼매三昧'나 '선정禪定'이 일어나지 않습니다. '삼매'나 '선정'은 각성의 광명장입니다. 그러므로 참으로 불가사의한 해탈의 경계입니다.

만약에 성 초월이 일어나면 더 이상 할 얘기도 없습니다. 이미 심신心身이 간혜지乾慧智로 들어갔기 때문입니다. 지극히 맑고 밝은 각성覺性이 자신의 신심을 다 먹어버렸기 때문에 스스로 조건 없는 평화 속에 안주安住하게 됩니다.

그러므로 자연스럽게 앉거나 서거나, 걷거나 눕거나 밭에서 일하거나, 말을 하거나 고요히 침묵하거나 일체가 모두 선禪이 됩니다.

일체 모든 행위가 각성覺性의 빛으로 각관화覺觀化가 되었기 때문입니다. 그러면 참선參禪 수행에 네 가지 병이 없습니다.

그 네 가지 병은 하고(作), 말고(止), 맡기고(任), 멸해버리는(滅) 병으로 그 병을 여의면 할 일이 전무한 각관자覺觀者로만 남는 '무위자無爲者'가 됩니다.

14. 마음摩陰의 생원설生原說

필자는 다수의 저서에서 소중한 마음摩陰의 생원설生原說을 줄기차게 밝혀왔습니다.

세상에 제 아무리 무엇을 안다고 해도 제 스스로가 쓰고 사는 제 마음을 모르면 무엇을 안다고 할 것이 아무 것도 없습니다.

만고에 소중한 명상冥想과 참선參禪을 제대로 수행하고자 하면, 우선적으로 제 마음摩陰의 밑바탕에 있는 태양의 빛보다도 십조 배나 더 밝은 명묘明妙한 묘각妙覺과 그 빛인 묘명

妙明한 각성覺性을 힐긋이라도 보든지, 알든지 해야 무량한 번뇌 망상으로부터 벗어날 지혜나 재주가 생길 수 있습니다.

묘각妙覺의 빛 각성覺性을 주시해 보아야할 참선參禪 수행에는 더더욱 그렇습니다.

그래서 일찍이 석가세존은 〈수능엄경首楞嚴經〉에서 마음摩陰의 생원설生原說을 은유적으로 설한 바 있습니다.

하지만 한문漢文으로 기록된 경전經典으로는 일반인들이 필자처럼 밝힐 수 없습니다. 필자가 밝힐 수 있었던 것은 한문漢文의 문자文字를 무량한 의미로 읽는 의성意聲을 알고 그 문자文字에 무량한 철리를 외우는 의음義音을 알기 때문입니다. 그래서 아무리 난해한 경문經文도 쉬운 우리말로 풀 수가 있었습니다.

그러면 이 자리에서도 마음摩陰의 생원설生原說부터 간명하게나마 밝혀두고자 합니다.

그래야 후학들이 명상冥想과 참선參禪을 제대로 할 수 있습니다. 그러므로 지금부터 마음摩陰이 생기게 된 인연의 고리부터 얘기를 해보렵니다.

우리 마음의 밑바탕에는 태양의 빛보다도 십조 배나 더 밝은 명묘明妙한 묘각妙覺이 있습니다. 그러므로 우리는 알고 모르고 알지도 모르지도 않은 것까지도 두루 다 깨닫고 압니다. 또 밝고 어둡고 밝지도 어둡지도 않은 것까지도 두루 다 깨닫고 압니다. 그러므로 묘각妙覺은 이쪽저쪽 그 중간까지도 두루 다 깨닫고 압니다.

만약 저 묘각妙覺의 밝음이 태양의 빛과 속성이 같다면 어떻게 중생들이 스스로 굴리고 있는 마음을 어찌 그리도 속속들이 다 깨닫고 다 알겠습니까?

이는 다 불가사의한 묘각妙覺의 빛 각성覺性에는 일체를 두루 다 드러내 보이는 불가사의한 신통력이 있기 때문입니다.

태양의 빛이 제 아무리 밝다고 해도 우리 마음을 비출 수는 없습니다. 그러나 각성은 심지어 이미 그 옛날에 돌아가신 조상님 모습까지도 총천연색으로 속속들이 다 드러내 보여줍니다. 실제와 같이 생전의 목소리까지도 두루 다 깨닫고 두루 다 들을 수 있도록 보여줍니다.

그러므로 묘각妙覺의 밝음은 참으로 묘하다고 해서 명묘明妙한 묘각妙覺이라 말 합니다. 바로 저 묘각妙覺의 빛 각성覺性의 큰 그늘로 마음摩陰이 생겼습니다. 그러므로 클 '마摩'자에 그늘 '음陰'자를 써서 '마음摩陰'이라 했습니다.

지금 필자는 독자 여러분을 잠깐 경주 불국사慶州 佛國寺 대웅전大雄殿 앞뜰에 높이 솟은 돌계단 위 '자하문紫霞門'으로 모시겠습니다.

필자가 여러분을 하필 '자하문紫霞門'으로 모시는 까닭은 이렇습니다. 필자는 생을 두고 마음의 생원설生原說을 줄기차게 설해 왔습니다. 만고에 듣도 보도 못한 마음의 생원설을 펴오다 보니 새로운 학설學說에는 반드시 논거論據가 있어야만 합니다. 하지만 마음의 생원설에 관한 어떠한 논거論據의 논문論文이나 물증物證을 찾을 수가 없었습니다.

그런데 뜻밖에도 천년의 역사를 자랑하는 경주 불국사 앞뜰에 장엄한 석조계단 위에 우뚝 세워진 '자하문紫霞門'이 필자의 '마음 생원설摩陰 生原說'을 증명하고 서 있습니다. 너무나 반갑고 너무나 기가 막혀 심히 놀랐습니다.

저 목조 건물 대문 위에 높이 달린 '자하문

紫霞門'의 명리는 분명히 필자의 마음 생원설의 좋은 논거가 되고 있습니다. 물론 필자가 아니면 누가 저 자하문 명리의 기적을 생각이나 해보았겠습니까?

목조 다포개식 대문 위에 높이 달린 '자하문紫霞門'의 명리는 분명 필자가 줄기차게 설해온 마음의 생원설입니다. 필자가 생을 두고 설해온 마음의 생원에서 '저녁노을'에 비유를 해왔기 때문입니다.

한번 들어보세요. '자하문紫霞門'은 자줏빛 '자紫'자, 노을 '하霞'자, 문 '문門'자입니다.

바로 저 대문大門의 명리와 필자가 마음의 생원에서 저녁노을에 비유를 한 마음의 속성까지도 저 장엄한 건물구조와 어찌 그리도 일치합니까?

불국사佛國寺는 〈묘법연화경妙法蓮華經〉을 그

대로 형상화 해놓은 고찰입니다. 그러므로 불교의 묘법妙法인 묘각妙覺을 그대로 잘 대비시켜놓은 정방형으로 장엄한 도량 한가운데 우람찬 '대웅전大雄殿'을 모셔놓고 있습니다.

바로 그 '대웅전大雄殿' 앞뜰 아래 석조계단 그 위에 자하문紫霞門이란 위용을 과시하는 대문을 세워놓고 있습니다.

필자의 마음 생원설의 논거는 만고에 어디도 있을 수가 없다고 생각했습니다.

그런데 여기 불국사 자하문이 필자의 마음 생원설을 그대로 목조로 형설을 다 해놓고 있지 않습니까?

아둔한 필자는 생을 두고 마음의 생원설을 의미 유추의 논리학으로만 펴왔습니다.

그런데 '자하문紫霞門'의 명리를 보세요.

필자의 마음 생원의 논리학과 무엇이 다릅니까?

'紫霞門'에서 '자紫'자는 저녁노을을 상징한 자줏빛 '자紫'자입니다. 또 '하霞'자는 바로 저녁노을을 의미한 노을 '하霞'자입니다. '문門'은 문 '문門'자로 하늘의 문 '천문天門'을 뜻합니다.

그렇다면 필자가 서천으로 넘어간 태양의 그 여명으로 황홀 찬란한 노을의 삼단변이의 성리를 마음의 속성 세 개로 비유한 마음의 생원 논리학과 '자하문紫霞門'의 명리가 무엇이 다르겠습니까?

저 먼 옛날 석가세존이 성취를 하신 묘각妙覺은 태양의 빛보다도 십조 배나 더 밝습니다. 그렇게 밝은 저 묘각妙覺의 빛 각성覺性의 그 여명인 큰 그늘로 생긴 것이 바로 우리가 늘 쓰고 사는 마음摩陰입니다. 그래서 마음摩陰은 참으로 불가사의 합니다.

15. 마음摩陰 생원生原 이야기

이미 태양은 서산으로 넘어 가고 있습니다. 태양은 서산으로 넘어가고 있지만 그 태양의 밝은 여명으로 일어난 서쪽 하늘의 황홀 찬란함을 보세요. 황홀하다 못해 황금빛으로 천지는 광명장이 되어서 찬란합니다.

그렇게 한시적으로나마 노을은 한참 동안 환하게 밝습니다. 그렇게 환하게 밝던 노을도 서서히 어둑해집니다. 그러다 마침내 캄캄해집니다.

바로 이와 같은 저녁노을의 삼단 돌연변이로 말미암아 마음에도 독특한 속성 세 개가 생기게 되었습니다. 이렇게 노을의 삼단변이로 생기게 된 마음의 속성 세 개는 과연 무엇일까요?

처음 황홀히 밝았든 영역은 우리 마음의 속성 가운데 밝게 깨어있는 '의식계意識界'가 되었습니다.

그리고 점점 어둑해진 영역은 이쪽저쪽을 생각해보는 중간자와 같은 '잠재의식계潛在意識界'가 되었습니다.

마침내 잠든 상태와 같이 캄캄한 영역은 마음의 속성가운데 '무의식계無意識界'가 되었습니다. 바로 이것이 마음摩陰의 속성 세 가지가 생기게 된 식심識心 삼종三種 생기설生起說이 되고 있습니다.

아, 보세요. 저 묘각妙覺의 빛 각성覺性의 그 여명黎明으로 생긴 저 마음摩陰이 고요히 부동한 쪽으로 무변허공계가 되었습니다. 그리고 마음摩陰의 속성 세 개 중에서 '의식意識'은 '온溫'하고 '잠재의식潛在意識'은 중간자고 '무의식無意識'은 '냉冷'합니다.

바로 이 '온溫'과 '냉冷'을 간접성을 가진 '잠재의식潛在意識'이 '온溫'과 '냉冷'을 서로 밀고 당기게 함으로서 저 무변허공계는 시도 때도 없이 광속으로 동전動轉을 하게 되었습니다.

이렇게 동전動轉을 하는 바람에 저 무변허공계는 '과거過去', '현재現在', '미래未來'란 삼세三世로 끝없이 돌게 되었습니다. 곧 삼세三世라는 시간時間은 이렇게 해서 생기게 되었습니다.

이렇게 저 무변허공계가 시도 때도 없이 광속으로 동전을 하는 바람에 저 어마어마한 바람이 묘각妙覺의 빛으로 굳어진 허공계를 싸고도는 자기장磁氣場을 강력하게 마찰을 시킴으로 해서 번쩍번쩍 빛나는 전기電氣가 저 무변허공계를 두루 다 품어 안고 돌게 되었습니다. 그러므로 자기장磁氣場은 저 무변허공계가 무너지지 않도록 잘 지탱해주는(保持) 역할을 합니다.

또 저 무변허공계가 광속으로 돌면서 허공계에 두루 가득했든 무량한 먼지를 둘둘 말아서 마침내 무량한 천체를 저 무변허공계에 뿌려 놓았습니다. 바로 그것이 지금 우리들이 보는 저 우주에 있는 무량한 천체들입니다.

그러므로 일체 만물의 창조주는 다 마음입니다. 마음이 고요해서 저 무변 허공계가 되었고 동전을 하면서 만물이 다 창조되었습니다.

그러므로 마음 아닌 '유일신唯一神'은 어디

에도 존재를 한 역사가 없습니다. 모두 우리 마음이 곧 창조주요, 구세주입니다.

그러므로 세존은 성불하시고, 즉석에서 "일체유심조一切唯心造"라는 유명한 법어를 남기셨습니다.

인류여, 티끌 하나라도 내 마음 밖에서는 찾지 마세요.

본래 아무것도 없는 텅 빈 '공(O)'이 광속으로 도는 바람에 허공은 환상으로 파랗게 보였습니다. 이렇게 보인 환상을 '색음色陰'이라 하고, 이 '색음色陰'을 '하나(一)'라고 합니다.

그러므로 '하나(一)'는 곧 'O'이요, 'O'은 곧 환상幻想인 '하나(1)'입니다.

곧 '하나'는 '색음色陰'입니다.

그러므로 'O'과 '1'은 "색즉시공 공즉시색色卽是空 空卽是色"입니다. 바로 이것이 'O'과 '1'

의 불가사의입니다.

저 마음이 고요해서 생긴 텅 빈 허공이 광속으로 돌면서 생긴 환상幻想이 '색음色陰(一)'이고, 색음色陰이 있으므로 이를 받아들이는 두 번째 둘二로 '수음受陰'이 생겼고, 수음受陰의 반연으로 세 번째 삼三인 '상음想陰'이 생겼고, 상음想陰이 있으므로 네 번째 사四로 생각을 굴리는 '행음行陰'이 생겼고, 생각을 굴리는 '행음行陰'이 있으므로 다섯 번째 오五로 생각을 기억하는 '식음識陰'이 생기게 되었습니다.

바로 이것이 식심識心의 철리인 '오음五陰'의 생기설입니다.

이렇게 마음으로 빚어진 저 심성心性인 '오음五陰'이 곧 시방세계를 두루 머금고 굴리는 행위가 곧 '음양오행陰陽五行'입니다.

어째서 그런가 하면, 마음의 속성인 의식意識의 양陽에 해당하는 '온溫'과 무의식無意識인 음陰에 해당하는 '냉冷'을 중성中性의 잠재의식潛在意識이 '음陰', '양陽'을 서로 밀고 당기게 한다는 건 앞서 설명했습니다. 이때 일체만법을 굴리는 식심識心인 오음五陰을 굴리는 행위가 '음양오행陰陽五行'이 됩니다.

그러므로 '음양오행陰陽五行'은 일체만법을 생生, 주住, 이異, 멸滅 시키는 일체만류의 '진리眞理'가 되고 있습니다.

필자는 지금 간명하게라도 이렇게 마음摩陰과 그 마음摩陰이 빚어낸 식심識心이 어떻게 해서 생기게 되었는가를 밝혀 두었습니다.

온 인류는 우선적으로 마음摩陰과 마음의 파

편인 분별심인 사렴망상의 뿌리를 꼭 알아야 합니다. 그래야 누구나 다 닦고 가야 할 '명상冥想'과 '참선參禪'을 제대로 할 수 있습니다.

만약 '마음摩陰'과 '식심識心'의 근본 뿌리를 모르고 명상冥想이나 참선參禪을 하게 되면 마음摩陰과 식심識心이 빚어내는 백 천만 가지의 마장魔障에서 벗어날 도리를 잃게 됩니다.

그러므로 누구나 필자의 '마음摩陰'과 '식심識心'의 생원설生原說을 반드시 잘 읽어 두어야 합니다. 잘 알고 있어야 저 '마음摩陰'과 '식심識心'을 걷어차 버리고 자기 내면에 맑고 밝게 깨어 있는 묘각妙覺의 빛 각성覺性을 가지고 '명상冥想'이나 '참선參禪'을 잘 할 수가 있습니다.

그러므로 누구라도 자기 내면에 깨어 있는 묘각妙覺의 빛 각성覺性을 항상 주시만 하고 살면 됩니다. 그렇게 수행한다면 만사 형통입니다.

자기 내면에 밝게 깨어 있는 각성覺性을 은밀히 돌이켜 보는 지적행위를 '반야般若'라고 하고 각성을 돌이켜 본 '반야般若'로 일어난 초롱초롱한 각성의 눈을 '지혜智慧'라고 합니다.

그러므로 '반야般若'와 '지혜智慧'는 서로 앞뒤 상호보완적 관계가 되고 있으므로 이를 '전의호傳依號'라고 합니다.

그런데 세상에 소문난 명상가冥想家나 선가禪家에서는 '마음摩陰'과 '식심識心'을 가지고 도를 닦습니다. 마음摩陰과 식심識心을 두루 깨닫고 다 아는 각성覺性을 가지고 도를 닦아야만 하는데 말입니다.

만약 분별하는 식심을 가지고 명상이나 참선을 하게 되면 도둑을 자식으로 삼은 꼴이 됩니다.

그래서 필자가 마음摩陰과 식심識心의 뿌리를 일찍부터 밝혀 왔던 것입니다. 잘못 수행하면 천만겁을 틀고 앉아 있어 보았자 아무 소용이 없습니다.

천재 교육원 이야기

다시 한 번 말씀 드리지만 이 책은 대한민국 윤 대통령님과 이 나라 교육부장관님께 올리는 소망의 한문漢文 이야기입니다.

장관님 당장 교육현장에 한문교육漢文教育을 시행토록 해보세요. 장관님 정말 이게 나라입니까?

어떻게 이럴 수가 있습니까? 제 나라 문자文字요, 제 나라 말인 한문漢文을 어찌해서 후학들에게 가르치실 의향이 여태까지 없었단 말씀입니까?

장관님 제발 어떤 미친 정치꾼들이 무슨 헛소리를 하더라도 한문漢文만은 국어영역 필수 교과로 꼭 만들어 전국 학교에서 저 청소년들이 조상의 한문漢文 글을 읽고 외우던 초성의 소리가 교정에 진동토록 해 보세요.

존엄하신 대통령의 막강한 힘을 빌려서라도 반드시 우리 교육현장에서 한문 글을 읽고 외우는 소리가 나도록 애써보세요.

그렇게만 해주신다면 옛 조상님들께서도 너무나 고맙고 반가워서 모두 함께 춤을 추실 것입니다.

그리고 또 꼭 장관님께 들려드리고 싶은 정보가 있습니다.

지구촌에는 전생의 기억을 다 가지고 세상에 태어난 사람들이 혹 있습니다. 이들은 일반 보통 특재 학생들이 가지고 있는 기억장인 제7식七識을 뛰어 넘어서 전생의 기억을 할 수 있는 제8함장식含藏識이 열린 천재들입니다.

그러므로 일반 보통 특재 학생들과 판이하게 다른 초능력의 기억장記憶藏을 가지고 있습니다.

그 좋은 선례는 독일의 '니체'입니다. 니체는 태어나면서 제8식八識이 열린 천재입니다. 그래서 '니체'는 모태에서 바로 나오면서 배를 잡고 웃었다고 합니다. 그분은 이미 제8식八識인 함장식含藏識이 열린 분입니다.

장관님께 왜 이런 말씀을 드리는가 하면, 나라에서 천재들을 별도로 교육시키는 천재 교육장을 장관님께서는 깊이 생각을 해 보셔야 하기 때문입니다.

천재들은 이미 전생의 기억을 조금씩 가지고 이 세상에 태어났습니다. 이런 별난 어린이들에게 천재교육이란 명목으로 주입식 기억력을 권장하게 되면 반드시 그 천재들은 불치의 정신병을 앓게 됩니다.

그동안 세상에 소문난 별난 천재들이 과연

이 세상을 어떻게 살다가 무엇을 남기고 갔습니까?

장관님께서 깊이 통찰해 보셔야 합니다.

천재는 사춘기가 되면 다수가 바보가 되든 아니면 보통 청소년으로 돌아갑니다. 그 까닭은 발정기가 되어서 성정을 알게 되면 장식이 흙탕물처럼 탁해지기 때문입니다.

어떤 측면에서 천재는 일종의 신기한 정신병입니다. 이러한 사실조차 까맣게 모르는 천재 부모나 바보 같은 저 천재 교육자들은 천재들을 수학 박사나 별난 기재로 만들려고만 합니다.

장관님께서 천재 교육장부터 폐지를 하세요. 천재들의 진정한 교육장은 그들이 잠을 자고 있는 제 안방입니다.

그런데 나쁜 기업가들이 어마어마한 궁궐 같은 천재교육장을 만들어 놓고 지금 무슨 짓

들을 하고 있습니까?

그렇다고 일본처럼 노벨물리학상이라도 수상한 사람이 나왔습니까?

고래古來로 천하가 다 우러러보는 석존이나 예수님은 교육을 받은 학교가 없습니다. 있다면 평생 밥은 빌어 잡수셨고 잠은 나무 밑이나 언덕바지에서 주무셨습니다.

그런데 로마의 교황청과 저 산중의 궁궐 같은 절집을 보세요. 이게 무슨 종교입니까?

장관님도 매양 한가지입니다. 저 궁궐 같은 무수한 교육장을 보세요. 그러면서 제 나라 제 글도 모르는 이상한 특수교육자들 밖에 무엇이 있습니까?

그러므로 장관님께서 천재들에게 별난 교육장이 아니라 공적한 명상의 공간을 마련해 주세요. 저 무슨 이상한 고등 수학數學같은 교육은 절대로 시키지 마세요.

꼭 지도교사가 필요하다면, 깨달음으로 가는 길을 안내해 줄 수 있는 선지식善知識 뿐입니다. 사실은 천재들에겐 굳이 선지식善知識도 필요치 않습니다.

반드시 저 천재 교육원의 천재 교사들만은 천재들에게서 좀 멀리하게 하세요.

왜냐하면 저 천재들은 O·X문제를 푸는 시험광이 아닙니다. 범부중생들 같이 이래라 저래라 할 대상이 아닙니다.

그러므로 인격 완성을 위한 훈련이나 지적 완성을 위한 고등 수학이 절대로 필요치 않습니다. 무엇인가 꼭 필요한 교육이 있다면 '명상冥想'입니다.

천재들의 명상 얘기

천재들의 명상법은 '수식관數式觀' 뿐입니다.

마음속으로 들숨, 날숨을 하나로 해서 들이쉬고 내쉬며 하나, 들이쉬고 내쉬며 둘…… 이렇게 열까지 헤아리고, 다시 하나, 둘…… 열까지 헤아리며 호흡을 세는 '수식관법數式觀法' 뿐입니다.

다시 말하면, 숨이 폐로 들어가서 잠깐 머물다가 다시 코로 나와서 잠깐 머물다가, 다시 코로 들어가서 폐에 잠깐 머물다가 다시 코 밖으로 나와서도 잠깐 멈추는, 호흡의 점차를 촘촘히 느끼며 10번씩 숫자를 반복해서 행하는 요령을 '수식관數式觀'이라 합니다.

이 같은 요령만 천재들에게 잘 알려주면 더 이상 그 무엇도 가르칠 교육은 없습니다.

저 천재들이 만약 필자의 말을 듣고 '수식

관법數式觀法'을 삼주동안만 침묵하고 앉아서 익히면 홀연히 마음이 확 열리면서 시방세계十方世界에 내린 빗방울의 수효 까지도 정확하게 다 알게 됩니다.

그런데 무슨 '3.14'와 'O'과 '1'도 모르는 저 물리학박사物理學博士 같은 얘기들을 천재들에게 하려 하십니까?

천재들을 위한 걱정은 조금도 하지들 마세요. 왜냐하면요? 세상의 바보들처럼 자기 자랑은 절대로 아니 하기 때문입니다.

천재 부모들도 필자의 이 글을 잘 읽어 두세요. 부탁합니다. 속된 생각일랑 부디 꼭 좀 접어두시고, 특히 천재 부모들은 한문漢文 공부를 좀 많이 해두세요. 잘못하면 부모가 천재자식을 망치고 맙니다.

천재가 마음의 눈을 뜨게 되면 흡사 눈 밝은 사람이 맹인 앞에서 태양 얘기를 하지 않듯이 겸손하고 한없이 따뜻한 사람이 됩니다. 쉽게 말하면 성자들입니다.

장관님, 제발 이 노부의 이야기를 잘 참고해 주세요. 뉴스에 나오는 장관님의 관상을 잘 보았습니다.

금세기 한국 정치풍토를 노부는 80평생을 잘 보아왔습니다. 대권주자들의 추태는 고금이 없었습니다.

세상에 몹쓸 저 '여의도汝矣島'가 내 탓이란 자유自由를 네 탓이란 타유他由로 세월없이 물어 씹어 놓았고, 먹는 것을 천주天主로 여긴다는 '민주民主'를 '투표권 제왕병 민주民主'로 둔갑을 시켜 놓는 바람에 그렇게 순박했던 국민의 정서는 자기밖에 모르는 고집불통 백성이 되어 버렸습니다. 제멋대로란 '자유민주병自由民主病'으로 숭고한 윤리도덕성은 전설의 고향 얘기가 되고 말았습니다.

세상을 이 지경으로 망쳐놓은 그 주범들은 모두 저 나쁜 대권주자와 그 종속인 정치 건달들입니다. 정치건달들이 이렇게 미친 세상을 만들어 놓고 말았습니다.

이같이 험악한 난국을 윤 대통령님과 한동훈 님께서 지혜롭게 잘 헤쳐 나가는 모습을 지켜보는 노부의 마음은 안타깝다 못해 참으로 반갑고 고맙기도 합니다.

장관님 부디 윤 대통령님을 잘 보필하셔서 한문교육漢文敎育만이라도 우리 후손들의 정신교육을 새롭게 하기 위한 차원에서 노력해주시길 간절히 바랍니다.

감사합니다.

명상瞑想

고요히 앉아라
몸의 긴장을
푹 놓아라

오리라
숱한 번뇌가

보라
그 번뇌를
관람자가 되어라
보는 자가 되어라

기다리라

오리라
슬기로운 침묵이
님과 같이

오리라
환희의 고요가
그대일러라

글·그림 : 천명일

대통령님과 교육부장관님께 올리는

소망의 한문漢文 이야기

초판 1쇄 발행 2023년 10월 25일

지은이 | 천명일
펴낸이 | 이의성

펴낸곳 | 지혜의나무
등록번호 | 제1-2492호
주소 | 서울시 종로구 인사동 7길 33(관훈동) 남도빌딩 3층
전화 | (02)730-2211 팩스 | (02)730-2210

ISBN 979-11-85062-46-4 (03800)